KB021564

겨울이 지나간
자리에
햇살이

시인 **김형영**은 1944년 전북 부안에서 태어나 1966년 『문학춘추』 신인 작품 모집, 1967년 문공부 신인예술상에 각각 당선되어 작품 활동을 시작했다. '칠십년대' 동인으로 활동했다. 시집 『침묵의 무늬』 『모기들은 혼자서도 소리를 친다』 『다른 하늘이 열릴 때』 『기다림이 끝나는 날에도』 『새벽달처럼』 『홀로 울게 하소서』 『낮은 수평선』 『나무 안에서』 『땅을 여는 꽃들』 『화살시편』, 시선집 『내가 당신을 얼마나 꿈꾸었으면』, 한영 대역 시집 『In the Tree』가 있다. 현대문학상, 한국시협상, 한국가톨릭문학상, 육사시문학상, 구상문학상, 박두진문학상, 신석초문학상 등을 수상했다.

김형영 시선집
겨울이 지나간 자리에 햇살이

펴 낸 날 2021년 2월 15일

지 은 이 김형영
펴 낸 이 이광호
주   간 이근혜
편   집 최지인 이민희 조은혜 박선우 방원경
펴 낸 곳 ㈜문학과지성사
등록번호 제1993-000098호
주   소 04034 서울 마포구 잔다리로7길 18(서교동 377-20)
전   화 02)338-7224
팩   스 02)323-4180(편집) 02)338-7221(영업)
전자우편 moonji@moonji.com
홈페이지 www.moonji.com

ⓒ 김형영, 2021. Printed in Seoul, Korea

ISBN 978-89-320-3822-3 03810

이 책의 판권은 지은이와 ㈜문학과지성사에 있습니다.
양측의 서면 동의 없는 무단 전재 및 복제를 금합니다.

겨울이 지나간 자리에 햇살이

김형영
시선집

문학과지성사

차례

시인의 말

계획 없이 살아도 편안한 나이가 된 것 같다.
계절이 바뀔 때마다 새로 태어나고 사라지는
생명들과의 교감 그리고 가끔 거기서 얻은 감동을
시로 꽃피우는 즐거움, 그 은총이야 말해 무엇하리.
돌아보면 제멋에 취해 덤벙대던 젊은 날의 멋도—
좀 서툴긴 했어도—그 나름대로 멋이 있었지만,
무언가에 매여 사는 것 또한 그 못지않다는 생각도 든다.
요즘 내가 그렇게 매인 듯 풀린 듯 계획 없이 살고 있다.

아, 복된 탓이여.

2021년 2월
김형영

일러두기

1. 이 시선집의 시들은 시인이 마지막으로 고친 것이다.
2. 연도별로 장을 나눈 이유
   1966~1979는 관능적이고 온몸으로 저항하던 초기 시
   1980~1992는 투병 중에 가톨릭에 입교하여 교회의 가르침에 열심
   이던 시기의 시
   1993~2004는 종교의 구속에서 벗어나려는 시기의 시
   2005~2019는 자연과 교감하며 나를 찾아 나선 시기의 시

1966~1979

침묵의 무늬(1973)

모기들은 혼자서도 소리를 친다(1979)

서시

나는 눈이 멀어 이젠 아무것도 볼 수 없으니
강아지야 강아지야 방울을 흔들어라.
네 가는 모가지가 떨어져서
네 가는 모가지에 맺힌 몇 방울의 피도 떨어져서
증발해 공중으로 사라진 뒤에도
강아지야 강아지야 방울을 흔들어라.

우리를 노리는 것은 도둑놈이 아니다.
밤이 깊어도 나는 가진 것이 없고
내일은 그를 만나야 한다.
이렇게 허전하게, 이렇게 아름답게
때때로 네가 공중으로 방울을 흔들면
나는 공중에서 헤맨다.

내일 내일 그리고 또 내일
그를 만날 약속은 끝없고
나는 가진 것이 없어도 행복하다.
기다리는 반짝임의 이 호젓한 시간
나는 얼굴이 없어도 행복하다.

귀면鬼面

어둠 속에서 까물어지는
눈은 눈이 아니다.
우리는 잠들고
우리의 혼을 쫓는
개 짖는 소리,
그 소리는 귀면에 무늬를 긋고
국법을 꼬여 달아나는구나.
천년의 눈동자 속으로 달아나는구나.

잠시 혼자서

잠시 혼자서 바다가 되어보라.
그러면 심장은 파도를 치겠지.
한 생각은 물고기가 되고
다른 한 생각은
죽어가는 사람이 꿈꾸는 하늘,
바람이 분다.
잠들면 안 된다.
바다가 돌이 될 때까지,
돌을 부수고 그대가 거듭날 때까지.

네 개의 부르짖음

까마귀

회색 하늘을 머리에 이고
까마귀가 운다.
늙은이가 새벽에
창밖으로 기침을 끝낸 뒤
넋을 잃고 흰 달을 바라볼 때
까마귀는 저 혼자 무덤을 판다.
가난한 자의 무덤
늙은이의 무덤을.
우리가 천국이라고 부르는 곳에
우리들의 넋으로 우는 까마귀.

여우

흰 두루마기도 장죽杖竹도 없이
도사道士가 된 백여우야
어둠 속에 길로 서서 네가 기다리는 것,

이제는 다 둔갑해서 너를 노린다.
대지의 이름으로 킹킹거리며
킹킹거리며 너를 노리는
그들은 가졌다
이빨과 꼬리를,
백 개의 얼굴을
그들은 가졌다
죽일 수 있는 권리,
더 만족할 만한 법을.

박쥐

너는, 내 가슴속에
내 두 눈과 가랑이에
그 욕설을 참을 수 없는가.
수세기 동안
세월 가는 줄도 모르고 참아온 욕설
내가 잠들 수 없게 퍼붓는 욕설,

그러나 어느 날
밤은 돌처럼 굳어지고
나는 네 가슴속에 꿈꾼다.
영혼에 대하여
나의 감각과 무능에 대하여,
행여 그것이 나를 놀라게 하고
나를 죽일지라도
나는 꿈꾼다, 꿈꾸는 나조차도.

구렁이

홀로 저문 날
우는 구렁이
이 땅을 비로 덮고
어둠마저 덮으려는가.
솔밭 너머 황토배기
당골, 바위 속
죽어서도 숨어서 우는 구렁이

너를 그리는 네 울음은 끝없고
끝이 없어 다시 돌아와 우는 구렁이
허공과 같아라.

나의 악마주의

문맹文盲

내 어린 애인을 입 맞추어라
징그러운 눈이여,
네가 달아날 때는
미친 내 잔등의
긴 물결, 거품 속으로
보랏빛 속으로
사랑은 침몰하여 바르르 떤다.
그 울림은
분 바른 고요를 부풀게 한다.
꾸밈없는 여름밤의 속눈썹을 움켜쥐고
먼동이 튼다.
불편한 대낮에도
무능에도 저속低俗에도
나는 장님이 아니었다.

만남

아버지의 죽음이 왔다 간 다음 날은
그 다음다음 날에는
겁에 질린 독약을 놓고
그대가 뜨는 눈초리마다 숨결로 타오르며
어디로 달아날까.

인경을 치던 몸살도
몸살 하는 바람도 떼 지어 사라지고
그 마지막 남은 흔적도 이제 없다.

목이 잘린 육체 속에서 얼굴을 내밀듯이
달달달달 떠는 사랑이여
어디로 달아날까.

공포

나의 피는 밀물 쳐
바다로 돌아간다.

내가 잡을 수 없는
기도의 덤불 속에 등불이 켜 있다.

등불은 내 오장육부에 들어와
회충이 되어 기어 다니며
밖에서는 바람이 꽃 속에서 분다.

문 앞에 우뚝 선 두려움
두려움의 두려움이여
다른 곳에서의 바람이여
나는 눈멀었다, 바라보면서
눈멀었다, 떨면서.

유산流産

이 방에 있으면서, 나는
지옥을 기웃거리는
한 마리 개똥벌레가 되었다.
골목마다 시퍼렇게 날으는 알몸은
불에 그슬려
비틀거리고 빠져나가고
때로 잠투정한다.
밤바다에서 치솟는 별 없이
달아나는 풀의 예배당에 들어갈 수 없다.
나의 캄캄한 하품은
이제 나의 게으름을 알고 있다.

그칠 줄 모르는 눈빛 화살로
바위들을 쪼으면서
5월과 6월을 붉게 핀다.
나는 니의 배꼽을 후벼내고
지옥의 꽃대궁 속으로

속 창자를 동댕이쳤다.
파도치는 어둠이 내 이마를 짚고……
미친다 미친다 미침은 하늘이다.
바라보라, 아무 데서나
웃는 계집의 자궁 속에서 죽어가고 있는
표정 없는 얼굴로
떨어지는 알몸의 내가 다시 살아날 때
바라보라, 죽음만이 우리를 미치게 하는 것을.

벌레

나는 옷을 벗는다.
물결이 인다, 먼 곳에서
그림자 같은 눈들이 바라본다.

떨어라, 온몸을 쥐어뜯으며
오늘 밤이 나를 괴롭힌다.

싸늘한 햇빛 사이
돌아와 누운 삶의
구렁 속에서
날름대는 혓바닥에서

육체는
떨면서 얼어붙은
한겨울의 눈이다.

뱀

알록달록한 무늬를

쏟아지는 하늘로

날름대는 뱀이여

네 혓바닥에서 솟아오르는

먼동,

순수한

네 부름에 불려 간 육체는

미지의 하늘에 박힌

뱀이여, 언제나

널 따르는 동란動亂을 노래한다.

달아, 높이높이 돋아서

달아, 높이높이 돋아서
저승까지도 비추는 달아,
여기저기 가는 곳마다
길목들은 무장해서
더는 아무 데도 갈 수 없으니
하늘에든 땅속에든
날 밀어다오, 달아,

야경夜警

나는 안경알을 닦는다.
차디찬 간섭으로 뒤덮인
비어 있는 불빛 속의 증거로써
나는 안경알을 닦는다.

나는 가끔
솟아오르는 지하 층계를 내려간다.
맹목盲目의 발에 부딪치는
감시를 무시하고
나는 뒤돌아서서
불 꺼진 예배당을 보았다.

일요일의 창문을 단
6월 밤의 별도
뼈의 비좁은 거리도
머리칼로 단장한 공기도
너는 모른다,
내가 어떻게 되리라 생각하는가.

아무것도 아무것도
지난 일들이 살아나지 않는다.

세계의 몇 사람이 내 속에서 저지른 표정,
그림자 속 눈의 두근거림,
봄바람에 넘치는 술잔,
겨울에 떨어지는 나뭇잎의 말들,
나에게 미쳐버린
한 마리 고양이의 시선까지도,

밤이여, 내 마음의
도깨비의 밤이여,
일러다오
시냇물이 조약돌 사이에서 타오르듯
나는 어디에 와 있는가.

한 미친 사람을, 영원히
돌이킬 수 없는 잘못을
누가 떨고 있느냐,

바람인가 쓰러지는 시간인가.
보이지 않는 종소리가
숲속에서 달아나려 하고 있다.
그것은 어딘지 모른 다른 곳에서
나의 내부로 침몰하는 먼눈이다.

만월

오늘은 보름달을 깔고 앉아
어디 저승 같은 데서
쇠망치로 불덩이로
살모사의 혓바닥으로
울부짖는 널 본다.
거기선
어쩔 수 없이
피에 젖은 살 다 동댕이치고
하얀 동굴이 된 네 눈에서는
수천만 개의 발자국 소리 들린다.
거리에서 그리고 저녁에
내가 만나는 얼굴도 들려온다.
그것은 내가 네 자궁 속에 빠지는 소리,
끝없는 소리, 소리,
소리의 무덤이여
내가 다시 태어날 때 너도 태어나는가.

선풍기

괴로운 선풍기가 골통 속을 뚫고 지나간다.
나보다 먼저 지나가고
나보다 그놈은 영원하다.

하늘로 벌린 두 팔이 난처해질 때
죽은 살을 씹는 예배당을 지나서
그놈은 나를 노린다.

아침 식사 때도 나를 노리고
사무실에서 찻집에서나
완강한 제갈량처럼 나를 노린다.

누구를 위해서 선풍기는 도는 것일까.
하늘 나는 돌멩이를 위해선가
묘지 위에서 시든 풀잎을 위해선가.

오늘, 이 한없는 오늘
텅 빈 골통을 움켜쥐고
그놈을 위해 언제까지 졸아야 하나.

형성기

내가 드리는 기도의 어떤 부분이
산을 뚫고 지나가는 걸
나는 본다.

밤의 복부에서
미명未明의 눈빛이 새어 나가기를 기다리는
내 피의 장미
미묘한 수분의 겁 많은
내 피의 장미는,

오래 지속되는 침묵에
눈빛이 밝히는 내 안의 동굴 속에서
바퀴를 굴리는 영원인 것을.

죄의 일요일에
나는 떠난다.

차단된 밤의
얽힌 가지를 휘어 넘기며 떠나간

마취된 환자처럼
내게는 울 자리도 넉넉지 못하다.

비가 내리면
일곱 빛 무늬의 머리칼을 씻으며
빛나던 저녁의
잠든 부리를 건드리고 허우적거리는
내가 드리는 기도의 어떤 부분이
검은 베일의 가슴에 와 머무는 것을.

죄의 일요일에
나는 떠난다.

아, 누군가 지금
이곳을 지나가게 내버려두고 있다.
내가 머무는
회색판도灰色版圖의 새 떼여

내 안의 헐어진 예배당에서

보이지 않는 미지의 손을 흔들 때
끄덕이던 내 머리가 발밑에서 술렁일 때
내가 드리는 기도의 어떤 부분이
산을 뚫고 지나가는 것,
그리고 저렇게 많이
저렇게 많이 예배당으로
미명의 눈빛이 새어 나가는 걸 나는 본다.

* 1967년 문공부 신인예술상 수상작.

개구리

한 해가 가고
또 다른 한 해의 봄이 올 적마다
새로 물들어 피어오는
개구리 소리,
그 소리는 언제나 개골개골 울어대지만
내 앞을 가로막고 울어대지만
나는 네게로 갈 수가 없다.
그저 네 소리 그리며
어디로
어디로
걸어갈 따름이다.

올빼미, 밤을 기다리다

그는 숲속에서 산다
그는 숲속 깊이깊이 숨어서 산다
사람들의 눈을 피해
일을 끝낸 하느님처럼

그는 낮에는 잔다
뜨거운 태양 아래서
밤을 기다리는
커다란 두 눈 뜬 채

날뛰는 짐승들의 표독한 발톱
발톱마다 묻어나는 피
피에 돋아나는 울부짖음을
그는 보지 못한다

밤을 기다리는 올빼미여
허공 같은 눈구멍이여
그는 끝끝내 보지 못한다
눈에 어리는 풍경조차도

지렁이

밟아보세요
밟아보세요
당신들의 커다란 신발로
똥 묻은 신발로 힘차게
힘차게
봄보리 밟듯 밟아보세요

부러진 허리 밟고 당신들이 지나갈 때
아으, 배 터지는 소리
아으, 피 흐르는 소리

당신들은 눈이 멀고
당신들은 귀가 막혀서
모르시겠지요
모르시겠지요
하찮은 것들의 울부짖음은,
모르시겠지요
우리는 죽지 않아요
밟아도 밟아도 죽지 않아요

터진 배 움켜쥐고
부러진 허리 매만지며
여름 어느 비 오는 날
우리는 우우우 소리치며
당신들의 길 앞에
당신들의 옆구리에
당신들의 똥구멍에
당신들의 아가리에 기어 들어가
우리는 꿈틀댈 거예요

모기

모기들은 날면서 소리를 친다
모기들은 온몸으로 소리를 친다
여름밤 내내
저기,
위험한 짐승들 사이에서

모기들은 끝없이 소리를 친다
모기들은 살기 위해 소리를 친다
어둠을 헤매며
더러는 맞아 죽고
더러는 피하면서

모기들은 죽으면서도 소리를 친다
죽음은 곧 사는 길인 듯이
모기들,
모기들,
모기들,

모기들은 혼자서도 소리를 친다

모기들은 모기 소리로 소리를 친다

영원히 같은

모기 소리로……

풍뎅이

모가지를 비틀어다오
모가지의 이 하얀 피를 비틀어다오
여름 하늘이 윙윙거리는 어지러움을
어지러움에 묻힌 쾌락을

비틀어다오
비틀어다오
고통 주는 것이 아니라면
꿈꾸게 하는 것이 아니라면

국법도 하느님도 깃들이지 않는
우리들
모가지,
모가지,
모가지의 이 하얀 피의 문을 비틀어다오
우리의 왕국인 무덤아.

이 몸 바람 되어

이 몸 바람 되어
저 산꼭대기
바위 위에
노란 꽃 하나 되어 쉬고 싶어라.
눈비 다 맞으며
덜덜덜 떨다가
차라리 들꽃 되어 쉬고 싶어라.
산길 나그네의
지친 걸음걸이 두루 살피며
한평생 그냥 그렇게
들꽃 되어 쉬고 싶어라.

* 김동원 은퇴 공연, 이근삼 작 「이성계의 부동산」 주제곡.
  정대영 작곡, 김세환 노래.

내 가슴에 가슴을 댄

내 가슴에 가슴을 댄
내 입술에 입술을 댄
너는 죽어서 돌아오고
돌아와서 내 앞을 가는구나.
가도 가도 끝이 없어
다시는 못 돌아올
이젠 내가 죽어서
네 뒤를 따를까 보다.
그래 어디든 끝에 닿으면
우리 두 가슴 불을 지피고
순한 짐승처럼 별이나 되어볼까.
별 중에서 제일 작은 별로나 되어볼까.

갈매기

새빨간 하늘 아래
이른 봄 아침
바다에 목을 감고
죽은 갈매기

내가 당신을 얼마나 꿈꾸었으면

내가 당신을 얼마나 꿈꾸었으면
당신은 말을 잃고 내게 오는가.
사랑이라는 말
죽음이라는 말

내가 당신을 얼마나 꿈꾸었으면
당신은 내가 부를 이름도 없이 내게 오는가.

보이지 않는 당신
보이지 않는 육체
그럼에도 당신은 살아 있다.
어둠 속 깊이깊이
내 마음속 깊이깊이
내가 당신을 꿈꾸는 것처럼
당신은 나를 꿈꾸고

우리는 우리만의 세계를 가지리.
사랑의 힘으로
죽음의 힘으로

다시는 깨어날 수 없는
시간의 힘으로

천국이 있다면
우리가 그 천국을 이루리.

나는 네 곁에 있고 싶구나

사랑하는 이여

나는 네 곁에 있고 싶구나.

네 눈과 함께

네 입술과 함께

네 배와

네 젖가슴,

네 가랑이와

캄캄한 네 호수와 함께 있고 싶구나.

네 살과

네 피

할딱이는 네 숨소리와 함께

밤이나 낮이나

나는 네 곁에 있고 싶구나.

내가 창문을 닫으면

아, 발가벗은 네 몸뚱어리

눈부시어 더는 바라볼 수 없는

네 몸뚱어리,

그래 이 몸 구렁이 되어서

네 온몸을 칭칭 감고 싶구나.

네 가장 깊은 곳,

어둠 속으로

어둠 속으로

대가리 처박고 한 몸이 되고 싶구나.

능구렁이

여름을 지낸 아이의 무덤 속에서
능구렁이가 운다.
누런 하늘이
울음 끝을 떨며 지나간다.

밤이나 낮이나
천리 적막을 애자지게 우는 놈아,
너는 영원한 동경의 몸짓으로
아이의 울음을 운다.
유령들은 킥킥거리고
나는 썩어버린 내 표정을 본다.

능구렁이가 운다.
능구렁이가 운다.
그 울음소리는 적막 속에
내 표정을 던진다.

그대는 문전에

—석지현 스님에게

그대는 문전에

다 썩은 목어木魚 한 마리 걸어놓고

동해 바다 물소리 보고 있느냐

전생의 네 얼굴 보고 있느냐

부처

옛사람들은 바위마다 부처를 새겼다지만
나는 내 마음속에 부처를 새기겠노라.
이 세상에서 제일 작은
너무 작아서
알아볼 수조차 없는 부처를.

10년이고 20년이고 나는 부처를 새기겠노라.
마음속 깊이깊이
마음속에도 후미진 곳이 있다면 그곳에.

설령 내가 새긴 부처가
나를 배반하고 나를 죽일지라도
나는 부처를 새기겠노라.

기다림 이후

내가 뱀이 되어
저승에 어둠을 만들 때
내 껍데기 벗겨지고
피 흘러서
어둠의 향기로 피어라.

그 향기 너무 진하여
으스스 으스스 네게 스미면
사랑으로
비바람으로
너 또한 뱀이 되어 울어라.
뱀 중에서 그중 서러운
능구렁이 되어 울어라.

인동忍冬
―이동하에게

겨울은 오는데
눈을 퍼부으며 겨울은 오는데
추위를 몰고 겨울은 오는데
군밤 한 봉지 주머니에 넣고
거기서 누구를 기다리느냐.

달밤

1

그는 걷는다
호젓한 물가
달빛 고이는 물가를

그는 걷는다
꺾여 시든 5월의 나뭇잎처럼
떨어진 신발도 없이

그는 걷는다
달빛에
지난 일들을 꺼내 비추면서

이젠 더 꺼낼 것이 없을 때까지
그는 걷는다

걸으면서
그는 묻어버린다

발자국마다
달빛 고이는 그 속에
씨앗을 심듯이
그는 묻어버린다
지난 일 하나하나를

2

달빛 아래서
그는 춤을 춘다
벌거벗은 몸으로

달빛 아래 물속에서
그는 춤을 춘다
구부리고
비틀고
엎어지고

일어서면서

그는 끝없이 춤을 춘다
쓰러져
다시는 일어설 수 없을 때까지
쓰러진 채
돌이 될 때까지

3

수면제를 주세요
무엇이든 받을 수 있는 두 손을 주셨듯이
씹을 수 있는 이빨
넘길 수 있는 목구멍
소화시키는 내장을 주셨듯이

수면제를 주세요
가능하시다면 치사량을,

깊은 잠을 깊은 잠으로 불러서
오늘 밤 나는 만나고 싶어요
아, 내 일을 다 알고 있는 당신

그는 외친다
외친다, 그의 외침은
그러나
달빛 아래 물 위에서 끝나고
그는 볼 뿐
물을,
지쳐버린 자신을

4

그는 눈을 감는다
물가에 엎어진 채
그는 합장을 한다.

여기저기서
묻어버린 추억들이
수만 마리 하얀 뱀이 되어 날름거린다

새빨간 혓바닥 날름거리는 소리,
그 소리를 들으며
그 소리에 빠져 잠기면서
그는 미소 짓는다
비현실적인
행복한 미소를

동행

어디서 내 발소리 듣고 있느냐.

하늬바람 마파람

회오리바람,

바람의 떼들 모여서

우리 같이 살 자리 트는데

어디서 내 발소리 듣고 있느냐.

어느 귀신이 너를 꼬여

옷 벗기고 할딱이며

밤샘하기에

이리도 오래 나를 기다리게 하느냐.

풀어진 머리칼 그대로

할딱이던 가슴 그대로

피 묻은 손톱 그대로

내 발소리 따라

발소리 따라 달려오너라.

달려와서

소녀야,

네가 풍경이 되어다오.

내 가슴 다시 떨리게 해다오.

저승길을 갈 때는

저승길을 갈 때는 춤을 춰야지.
춤추는 건 죽어도 못 하겠으면
춤추듯 사뿐사뿐 걸어가야지.

저승길은 가시밭길
샛길은 없고,
돈 주고 빽 써도
샛길은 없고,
자가용 몰고 갈 찻길도 없어
우리는 맨발로
맨발로 걸어가야 하네.

저승길을 갈 때 괴롭지 않게
저승길을 갈 때 무섭지 않게
사는 동안 춤추는 건 익혀둬야지.
흥겨운 일 없더라도
하루에 한 번,
남 보기 창피하면
밤으로 한 번,

그도 저도 할 수 없거든

마음속으로,

사람들아

사람들아

춤추는 걸 구경쯤은 자주 해둘 것.

지는 달

이제 지는 달은 아름답다
캄캄한 하늘에
저리 밀리는 구름 떼들 데리고
우짖는 초목草木 사이에서
이제 지는 달은
6천만 개 눈 깜짝이는 바람에
다시 뜨리니

누가 이 세상 벌판에 혼자 서서
먼 초목 사이로 지는 달을
밝은 못물 건너듯 바라보느냐
4월 초파일
절간에 불 켜지듯 바라보느냐

한 해에도 가장 캄캄한 밤에
우리 모두 바라보는 사람들,
바라보는 눈길마다
지난날은 되살아 머뭇거리다가
멀리 사라진다

이제 지는 달은 아름답다

1980~1992

다른 하늘이 열릴 때(1987)

기다림이 끝나는 날에도(1992)

가을 물소리

내가 죽으면
이 가을 물소리 들을 수 있을까.
피 맞은 혈관의 피와도 같이
골짜기 스미는 가을 물소리

하늘 저물면 물로 접어서
동해로든 서해로든 흘려보내고
이 몸 피 다 마를 때까지
바위에 앉아 쉬어볼거나.

이 몸 피 다 말라서
그냥 이대로 물소리같이
이 골짜기 저 골짜기 스며볼거나.

우리들의 하늘

우리가 바라보는 하늘은
어둠에 갇혀 있네.
두 손을 꼭 잡고
이마를 맞대고
먼동을,
먼동이 트기를
기다리고 기다리던 하늘

바람은 온몸으로 어둠을 밀어내지만
그건 헛일
모두 헛일
바람도 지금은
우리와 함께 이마를 맞대고 우네.
우리가 잠들지 않게
우리가 절망하지 않게

기다리고 기다리고
기다리는……
우리에게 기다림은 끝없는 것인가.

우리가 바라보는 하늘은
지금도 어둠에 갇혀 있네.

떠도는 말들

떠도는 말들은 내가 곧 죽으리라는 확신으로 떠돌아다
니지만, 나는 아직 조금은 색도 쓸 수 있고 시도 쓸 수 있
고 커피도 그전보다 진하게 마신다.

죽음은 나의 친구로서
우리는 한통속이고
내가 죽으려 하면
죽음은 오히려 나를 타이르고
그래 나는 그런 죽음이 좋아
날마다 죽음과 더불어
노닥거리고
낄낄거리고
죽음 위에 누워 잠들기도 하는데

떠도는 말들은 여전히
내가 시커면 죽음 속을 헤맨다고
떠돌아다닌다.
죽음이 시커멓게 생겼다면
그건 참으로 즐거운 일인데

떠도는 말들은 떠도는 말들끼리
나를 죽일 듯 떠돌아다닌다.

아, 뭣도 아닌 떠도는
떠도는 말들 때문에
나는 좀더 살아야겠다.
하루에도 열 잔 스무 잔씩
진한 커피를 마시며
멀뚱멀뚱 살아야겠다.

오늘 밤은 굿을 해야지

오늘 밤은 굿을 해야지.
내 창자마다 붙어 있는 귀신들
처녀귀신들
그 예쁜 아가리마다
군고구마 하나씩 물려주고
밤새도록 굿을 해야지.
다시는 내 피 못 빨아먹게
뾰족한 이빨들 다 빠져버릴 때까지.

이빨 없는 입으로야 뭘 빨아도
빠는 거야 즐거운 일
내 창자의 피 빠는 맛보다야
천배 만배 즐거운 일
그건 오히려 서로가 즐거운 일

오늘 밤에는 그 짓을 한층 더 즐겁게
밤새도록 가르쳐줘야지.
함께 사는 삶을 가르쳐줘야지.

나이 40에

돼지 눈에는
부처님도 돼지로 보인다고
노스님 말씀에
'그야 그렇겠지요.'
무심코 머리 끄덕였는데

그때 나이 곱절 가까운
40이 넘은 오늘에
하늘의 별을 세듯 곰곰 생각해보니
그 말씀이 나를 두고 한 말씀만 같아
밤낮없이 부끄럽다.

오늘 내 눈에 보이는 것
개도 돼지도
그네 새끼들까지도
안쓰럽고 가련해
사람같이만 보이나니
어제의 나같이만 보이나니.

나그네 1

별아 별아 나의 하느님
캄캄한 하늘 뒤에 숨어 있다가
독毒 묻은 화살처럼 쏟아져 내려
내 온몸에 쏟아져 내려
바르르 바르르 떠는
나의 하느님,
어디로 갈까
어디로 갈까
밤새워 이 밤
어디로 갈까

나그네 2

죽음아,
내 너한테 가마.
세상을 걷다가 떨어진 신발
이제는 아주 벗어 던지고
맨발로 맨발로
너한테 가마.

나그네 4

갈 곳이 없다.
그냥 이 자리에 서서 기다리자.
바람은 바람이 되라 하고
햇볕은 햇볕이 되라 하고
어둠은 어둠이 되라 하고

사람들은 흘긋흘긋 지나간다.

갈 곳이 없다.
그냥 이 자리에 서서 기다리자.
신발은 먼지가 되고
다리도 먼지가 되고
머리도 내장도 먼지가 되어
남은 건 먼지뿐

기다리자
기다리자
먼지가 되어 펄펄 사라지는
육체 바라보며

하늘 바라보며
기다리자
나를 바라보는 나
거듭나는 나를.

겨울 풍경

빈 나뭇가지에
새 한 마리
온종일 노래도 없이
흔들리고 있다.

구름이 구름의 말로
바람이 바람의 말로
말을 걸어도
마지막 잎새 되어
흔들리고 있다.

저 혼자 풍경이 되어
흔들리고 있다.

가을은

지금은 가을
우리 잠시 이별을 하자.
부모와 잠시
아내와 잠시
형제와 잠시
사랑하는 사람과도 잠시

지금 앓고 있는 사람은
자신과 잠시

가을은
고독한 사람의 머리 위에
손을 얹는 계절이다.

꽃구경

―따뜻한 봄날

어머니, 꽃구경 가요.
제 등에 업히어 꽃구경 가요.

세상이 온통 꽃 핀 봄날
어머니는 좋아라고
아들 등에 업혔네.

마을을 지나고
산길을 지나고
산자락에 휘감겨
숲길이 짙어지자
아이구머니나
어머니는 그만 말을 잃더니
꽃구경 봄구경 눈감아버리더니
한 움큼씩 한 움큼씩 솔잎을 따서
가는 길 뒤에다 뿌리며 가네.

어머니, 지금 뭐 하시나요.
솔잎은 뿌려서 뭐 하시나요

아들아, 아들아, 내 아들아
너 혼자 내려갈 일 걱정이구나.
길 잃고 헤맬까 걱정이구나.

* 소리꾼 장사익 작곡, 노래.

배추꽃의 부활

나 비틀거리는 삶이 되어
더는 죄 지을 힘도 없고
용서를 빌 염치도 없사오나
어머니
한 말씀만 하소서.

지난날을 생각하면
지옥 벌 면할 바늘구멍 하나 없고
그건 또한 만부당한 일이오나
어머니
한 말씀만 하소서.

오늘 배추밭에 앉아
노란 배추꽃을 바라보다
배추꽃 한 송이에도 부끄러웠사오나
어머니
한 말씀만 하소서.

나 이제는 아주 배추꽃이 되어

이냥 배추밭에 앉아

배추꽃 바라봄만으로 행복하오나

어머니

한 말씀만 하소서.

꽃밭에서

어두워서
하얀 꽃
바라보고 있으면
꽃은 오히려
나를 바라보고

나를 바라보는 꽃
바라보고 있으면
나는 비로소
나를 본다.

눈 뜨고는 차마
바라볼 수 없는
누더기 같은
나를 본다.

엉겅퀴

온 천지 다 마다하고
오늘 내 앞의
한밤의 들녘에
아으, 쏟아지는 눈부심

어떤 가슴이기에
옴짝도 하지 않고
수천 개 독 묻은 화살
선 채로 맞았는가.

엉겅퀴꽃이여
너를 죽인 화살이
네 사랑으로 살아나서
죽음도 하나의 꽃잎이 되는 것을

누군들 이 은총 피할 수 있을까

목련 1

창밖에 목련꽃이 피었다고
어서 와서 보라고
지금 아니 보면
금방 시들기라도 하듯
그네 감동으로 가리킨 목련꽃

그 말에 못 이기어
그네 가리킨 쪽 고개 들다가
놀래어 그만 일어나
창가로 끌려갔나니

아, 거기 핀
하얀 목련꽃
시끄럽게 피어 있어라.
지는 해 붉은 그늘 위로
시끄럽게 피어 있어라.

목련 2

너무 이른
봄 같은 네 가슴
보듬고
뒹굴어 뒹굴어
보랏빛 가지에
찔리어 피어난
목련꽃,
너 보기 안쓰러워
눈 감으리
눈 감으리

별 하나

별 하나 아름다움은
별 둘의 아름다움,
별 둘 아름다움은
별 셋의 아름다움,
별 셋 아름다움은
별 여럿의 아름다움,
별 여럿 아름다움은
별 하나의 아름다움,

별 하나 별 둘 어우러지고
별 둘 별 셋 어우러지고
별 셋 별 여럿 어우러지고
별 여럿 별 하나 어우러지고

아름다운 하늘의 별
어느 별 하나
혼자서 아름다운 별 없구나.
혼자서 아름다우려 하는
별 없구나.

귓속말

너와 내가 주고받은
귓속말
아무도 듣는 이 없네.

아무도 듣는 이 없어
너와 내가 주고받은
귓속말

어제는 맺힌 가슴 풀어주더니
오늘은 쇠고랑 되어
나를 가두네.

내일은

'오늘은 내가 끌려가지만
내일은 네가 끌려가겠지.'

에잇,
개 같은 세상.

통회시편 1

주님, 저를 죽이지 마소서.
화가 나시더라도
흐느끼는 이 소리 들으소서.

뼈 마디마디 경련이 일고
내 마음 이토록 떨리는데
주님, 자비를 베푸소서.
이 목숨 살리소서.

내 피에 세금 붙이고
오찬에 만찬에 비틀거리는 자들
저들의 헛웃음 소리에
이 몸 피 말라 쓰러지오니

주님, 눈을 밝히시어
저들의 헛웃음 소리 내치소서.
이 몸 일으키시어
저들 앞에 서게 하소서.

통회시편 2

누군들 낯 들고
당신 앞에 나설 수 있으리오
죄의 그림자가 앞서가는데

통회시편 5

나 혼자 지은 죄
나 혼자 가슴에 품으려 하였더니
봄날의 축대처럼
당신 앞에 무너져 내려
우르르 우르르 무너져 내려
이 몸 고개 들지 못하고
마흔 날 마흔 밤을 엎드리오니
주님이시여,
내 죄 더는 묻지 마소서.
당신께서 내 죄 헤아리신다면
살아도 살지 못하고
죽어도 죽지 못하오니
한 말씀만 하소서.
당신은 한처음 말씀이오니
이 몸 새롭게 하소서.

* 『시편』 51 참조.

통회시편 6

뱀보다 더 아름답게 우는 것은 없다.
뱀은 하늘을 원망하지 않고
사람을 원망하지 않고, 다만
스스로를 동여매며 운다.

땅 밑으로 밑으로 달아나며
제 탓이요
제 탓이요
제 큰 탓이라고
가슴을 치며 통곡할
거룩한 손도 없이
꿇어야 할 무릎도 없이
뱀은 스스로를 동여매며
온몸으로 운다.

뱀은 나의 오랜 친구로서

친구인 나는 뱀에게 말했다.
가거라, 울부짖음아

죄지은 내 심장의 고동과도 같고
습관처럼 가슴을 치는
내 더러운 손 같은 울부짖음아
가거라, 사람들이 모여
너를 죽이려고 막대기를 들기 전에.

뱀아! 뱀아!
너는 아름다워 죄를 짓는구나.

상리 1

뒷동산에서
물끄러미,
보인다
게딱지 같은 집
서른 셋
모두들 호호호
하늘을 보고
몸을 녹인다.

단조롭게
어두워가던 하늘에
번지는
평화

일기

잘 익은 똥을 누고 난 다음

너, 가련한 육체여

살 것 같으니 술 생각 나냐?

차 한잔

물을 끓인다.
주문呪文처럼 중얼중얼
수증기가 달아난다.
맹물 같은 내 얼굴에
낯 뜨겁게
가슴 뜨겁게
첫사랑이 잠긴다.

너무 뜨거운 건 싫어.
적당히 맹물도
적당히 연애도
적당히 뜨거울 때 차를 띄운다.

봄눈에 아지랑이 놀듯
맹물이 흔들리고
첫사랑이 흔들린다.

아, 흔들림이 멈추기 전에
홀로 마시는 설록차 한잔.

내가 드는 마지막 잔을

내가 드는 마지막 잔을
그대 눈물로 채워다오

내 눈물은 말랐거니
다른 날을 볼 수 없으리

나이 마흔이 넘어서도

나이 마흔이 넘어서도
마음 못 비우고
만사에 기웃거리는,
너나 나나
어리석기는
가리옷 사람 유다와 다를 것이 없으나
용케도 예수 없는 시대에 태어나서
천벌은 면하고 살아가는구나.
사탄은 면하고 살아가는구나.

기다림이 끝나는 날에도

기다리는 님이 오지 않았기에
어제도 오늘도
또 내일도 오지 않았기에

기다림이 끝나는 날에도
기다리는 님은 오지 않았기에
나는 님이 누군지 알 것만 같다.

모래밭에서

여름 어느 무덥던 날
바닷가 모래밭에 앉아
종일토록 바다를 바라보았다

파도는 모래 위에 밀려와
땀 뻘뻘 흘리며 출렁거리다가
엉금엉금 기어 달아나고,
달아났다가는 다시
힘을 내어 밀려오고
밀려가고……

바다가 하는 일이란
오직 한 가지,
파도를 시켜
바다의 찌꺼기들을
모래 위에 밀어내고
달아나는 일뿐.

그러나, 그러나, 그러나

내가 바다를 안다고 말하기엔

바다는 너무 넓고

멀었으며,

모른다고 하기엔

그날 나는 바닷가에 있었다

너는 누구

고양이의 진실은 쥐가 가장 잘 안다는데
내가 가장 잘 아는
너는 누구?

쉴 새 없이
먹이를 주고,
쉴 새 없이
일을 주고,
보이는 곳에서
보이지 않는 곳에서
노려보며
웃어대며
나를 부리는 너는 누구?

나를 맘대로 부리는
부릴 줄밖에 모르는
너는 누구?
내가 가장 잘 아는
너는 누구?

누구?
누구?
누구?
호명을 해봐도
호명되는 나 말고
누구?

아니 아니
나를 가장 잘 아는 너는
누구?

아무리 화가 나시더라도

여보게 친구,
아무리 화가 나시더라도
마음속의
무심한 미움일랑
꺼내진 말고 사세.

우리도 이젠 중늙은이
파도에 떠밀리는 통나무같이
세상 풍파에 이리저리 뒹굴다가
남몰래 지은 죄 많아
낯 들고 살기 쉽지 않으니
죽은 듯이 살아서
하늘이나 바라보세.

눈 침침해 앞이 잘 안 보이면
돋보기안경을 쓰고,
안경을 써도 잘 안 보이면
눈짐작으로라도
하늘 뚫어 별자리 하나

미리 봐두세.

내일 일을 생각하여

마음속에 묻어두세.

흐르는 물에서는

흐르는 물에서는
내가 보이지 않는다
가까이 보아도
멀리 보아도,
눈을 씻고 또
씻고 보아도

흐르는 물에서는
하늘도 보이지 않는다
물이 맑고
거품 하나 없어도,
달도 별도
한낮의 태양도

흐르는 물에서는
아무것도 보이지 않는다
보이는 건
맴도는 물살에 흔들리는 나,

어둠에 구겨지는
왜곡된 나뿐

그러나, 보라
흐르는 물처럼
나 또한 흘러가고 있다
별생각 없이

세상을 흐리고 왜곡하면서
급류에 휘말려
흘러가고 있다.

천 년 자란 나무

천 년 자란 나무는
어느 날 베어 넘어져서
통나무가 되어도
천 년은 살아 숨 쉰다는데

백 년 자란 나무도
어느 날 베어 넘어져서
대청마루가 되어도
백 년은 살아 숨 쉰다는데

사람은 한번 쓰러지면
눈 깜짝 사이
그 길로 그만
황천객이 되는구나.

그건 죽는 날까지
죽을 것은 생각하지 않고
아둥바둥 살려고만 해
하늘이 내린 징벌일 거라.

천 년 아니라 백 년 아니라

만만세 영원무궁

죽지 않고 사는 길을

알고도 모른 체 살기 때문일 거라.

아멘

독자가
없기 때문에
시를 쓰는
것이다.

구용丘庸 선생님
불소주 몇 잔 드시고
외로움도 따라
거푸거푸 드시고
물끄러미 나를 바라보시더니

내 어리석은 삶의 오장육부 비집듯
꿈틀꿈틀 써 내린 글씨,
30여 년 전
첫 강의 시간에
입이 마르도록 하신 말씀

오늘 다시
마지막 강의하듯

써 내린 글씨,

그 글씨 바라보다
낯 뜨겁고 부끄러워
바로 보진 못하고
돌아서서 창밖에
눈 감고 듣네.

아멘 아멘 아멘

독자가
없기 때문에
시를 쓰는
것이다.

나그네 8

나 죽을 때는 천천히 걸을 거야
어기적어기적
아프지 않게
피 흘리지 않게

조심조심 걸을 거야
벼락이 치든
난리가 나든
그게 무슨 상관이냐

들어 올림을 받든
들려 올라가다가 떨어져
코가 깨지든
종말은 시작이고
이승이 저승인데
아는 사람은 다
그게 그거라는데
제기랄, 지금 내가 죽어가는데
희망은 안개 속에

한 치 앞도 안 보이는데

천국이 어디 어디
돼지우리 시궁창인가
코를 막고
이리 두리번 저리 두리번
나는 그만 어지러워
구역질이 나는데

나 죽을 때는
굼벵이처럼 꾸무럭꾸무럭
저승길은 어차피 길이 아니니
세월아 내월아
천천히 걸을 거야

어제도 그랬고
오늘도 여전히
같은 생각

만약에

만약에 내가 나의 삶을 무대 위에 올린다면
관객들은 말할 거야,
"너무 시시하군."

만약에 내가 너의 삶을 무대 위에 올린다면
관객들은 말할 거야,
"연극은 인생이야."

만약에 내가 모두의 삶을 무대 위에 올린다면
관객들은 말할 거야.
서로의 얼굴을 바라보면서
"난장판이군."

만약에
만약에
내가 우리 모두의 삶을 올려놓은 무대 위에서
누군가 한 사람, 바로 너를 빼버린다면
넌 말할 거야,
"이건 사기야."

그러나 우리들은 사는 동안
인생을 무대 위에 올린다.
가짜의 가짜의 가짜의 인생을.

시간은 가고 또 가고, 관객들은 사라지고
등장인물도 무대감독도 연출자도 사라지고
무대 위에 남은 건 오직 한 가지

텅 빈 무대 하나
이제와 항상 영원히.

변산 난초

시제 지내려고
변산 운산리 선영에 갔다가
거기 무덤마다 빙 둘러서
난초들이 무더기로 자라 있기에
가시덤불 사이사이
소나무 사이사이 자라 있기에

고려가 망하자
쿠데타로 세운 조선왕조에서는
녹祿을 먹지 않기로 마음 다지고
변산 산중 속으로 들어와
벼슬과는 아예 뒷짐 지고 살다가
죽어서는 또 대대로
멀쩡한 난초가 되어 살아 있기에

한참이나 허리 굽혀 바라보는 나에게
서울 가서 굽실굽실 간살 떨며 사는 나에게
난초들은 한꺼번에 돋아나서는
내 눈앞을 가로막고 푸르르기에

이대로 돌아가기 아쉬워
날마다 바라보며 살아가려고
그중 제일 푸르른 난초 한 포기
내 책상머리에 옮겨 마주 앉으니
꽃은 피었다 이내 시들어버리고
이파리는 새 되어 날아가려 하네
나더러도 같이 돌아가자고
앞서거니 뒤서거니 날아가려 하네

1993~2004

새벽달처럼(1997)

홀로 울게 하소서(2000)

낮은 수평선(2004)

부안扶安

아직도 편안한가
그대 내 숨이여
이젠 아주 말뚝이 되어
쉬시라

꽃 피면 꽃과 함께
바람 불면 바람과 함께
그대 내 숨이여
쉬시라

그대 곁에 가서
그대 숨소리 들으며
그대 지붕 아래
편안히 잠들 때까지

그대 내 숨이여

무엇을 보려고

무엇을 보려고 그대
들에 나갔더냐
바람이더냐 바람에
흔들리는 갈대이더냐

사람에 시달리고 문명에 시달린
무엇을 보려고 나갔더냐
하늘이더냐 하늘에
못 박힌 어느 별이더냐

집을 버리고
생각을 버리고
그대 무엇을 보려고
들에 나갔더냐

아니면 그대
그대여, 무엇이 이 어두운 밤
길도 없는 길로
그대 발길을 인도하였더냐

소래사

봄이 오고 있었다
겨울이 지나간 자리에 햇살이 졸고 있었다
곰소 앞바다가 졸음에 겨운 눈을 뜨고
문이 없는 문을 열고 들어오고 있었다
나고 죽음의 이 바다에서
나고 죽음을 벗어나
나고 죽음이 없는 세상으로 떠나가셨다는
해안 스님은 아직도 떠나가고 있었다
대웅전 처마 끝의 풍경 소리로
전나무 숲길을 내며 떠나가고 있었다

다시 태어나면 찾아오려고
날이 새면 다시 찾아오려고

* 소래사는 내소사의 옛 이름.

덕담

머물지 말라

바람이 골목을 돌아 나가듯

배반에도 사랑에도

사람에게도,

한번 걸리면 약도 없다는

종교에도

머물지 말라

보고 느낀 것

빈 밥그릇에도

머물지 말라

원하는 것이 지옥에 있거든

지옥을 향해

능동능행能動能行하라

능동능행하라

압록강

―김주영 형에게

무너진 국내성을 돌아
압록강 선착장에서
밤늦도록 바라보나니,
바라보는 것만으로
죄가 되던 강물이여

하늘에 등을 단
달빛 때문에
달빛 때문에
내 갈 길을 막고서
밤에도 흐르는 강물이여

새벽달처럼

밤하늘에 구멍처럼 박혀 있던 달이
박힌 자리에 흔적 하나 남기지 않고
떠오르고 떠오르고 떠오르더니
새벽달이 되어 서녘으로 사라져가듯
점잖으신 걸음걸이로 사라져가듯
죽게 하소서, 그렇게

하늘과 땅 사이에

눈 덮인 산중
늙은 감나무
지는 노을 움켜서
허공에 내어 건
홍시 하나,

쭈그렁밤탱이가 되어
이제 더는
매달릴 힘조차 없어
눈송이 하나에도
흔들리고 있는
홍시 하나,

하늘과 땅 사이에
외롭게 매달린 예수처럼
바람으로 바람 견디며
추위로 추위 견디며
민 세상 꿈꾸고 있네

독백

사람은
새보다 더 곱게 노래할 수는 없지만
들꽃보다 더 아름답게 꾸밀 수는 없지만
사람은
죄를 지을 수 있고
지은 죄 뉘우칠 수 있고
빌 데가 있어 행복하구나

인생

내가 산 곳이 이 세상뿐이니
이곳보다 더 아름다운 곳 어디 있으리
내가 본 곳이 이 세상뿐이니
이곳보다 더 추한 곳 어디 있으리

살아온 날이나 보았던 것이나
다 눈감아 잊어버리고
이제 한바탕 꿈이나 꾸어보자
깨지 못하는 꿈이나 연습해두자

이제 한 번 더

언제까지
광기 부리며 살 수 있을까
지금 나이가 몇인데
자식이 몇인데

허리는 굽어가고
뱃가죽은 처져가는데
눈꺼풀에 밀리는 저녁노을,
노을에 취해
세월을 잃고 빛을 잃어 마침내
만나야 할 사람조차 다 잃어

숨도 넋도 나가버린 하얀 목련꽃같이
더는 뵈는 게 없어
나는 조금씩 미쳐가고 있다
나도 모르게 미쳐가고 있다
십자가에 거꾸로 매달려 못 박힌,
죽으면서 비로소 자신을 바라보던 베드로같이

오늘 내 앞에 거꾸로 매달린 세상

어디 한 번 더 미쳐볼까

그러면 내가 보일까

화창하신 웃음
—미당 선생님의 덕담

내가 사는 모습이 고달파 보일 때면
내게 아직 남은 복이 있거든 다 가져가라고
있는 복 없는 복 챙겨주셨는데

내 가슴속 감동이 메말라 보일 때면
어린 날의 그 벌거벗고 즐거웠던 일들을
기억의 다락방에서 꺼내어
그걸 사진 찍어
가슴속에 걸어두었다가
가끔씩 꺼내 보라고
낄낄낄 웃으며 꺼내 보라고

그러면 어느새 좋은 생각들이
봄날 들판에 풀잎 돋아나듯
가슴을 디밀며 솟아난다고
당신 생각의 샘물을 길어주셨는데
그래도 아직 숨겨둔 비밀 하나는
봉산산방蓬蒜山房*에 가득하네
그 화창하신 웃음

그 훤칠하신 웃음

주어도 주어도 마르지 않는

그 화창하신 웃음의 힘으로

그 훤칠하신 웃음의 힘으로

영생하소서

* 미당 서정주 시인의 당호堂號.

3막 5장

새벽노을이 피어오르자
밤 내 하늘을 밝히던 둥근 달이
수평선 밖으로 사라져간다
뒤도 돌아보지 않고

가는 곳이 어딘지
따라갈 수 없기에
걸음을 멈추고 바라본다
부러운 눈으로

밤새워 마주 보고 노래하던
별 하나 보이지 않아도
한 걸음 한 걸음 사라지는
새벽달이여

홀로이면서도 외롭지 않은
기품 있는 걸음걸이,
시간이란 후회 없는 것
사라진들 뭐가 아쉬우리

바람에 흰머리 날리며 사라지는
새벽달이여
끝이 보이지 않던 수평선에 내리는
3막 5장의 인생이여

나를 깨워다오 닭아
—닭띠 해 첫날

겨울이 깊어
어둠이 깊어
한 눈도 반만 뜬 채
울안에 웅크리고 있는
닭아,

네 닭 털 침낭 속의
포근한 잠일랑 걷어버리고
홰를 치며 울어라
주님을 모른다고
머리를 흔들던
시몬 베드로를 깨운
닭아,

이젠 네 약속의 울음으로
세월 가는 줄도 모르고
배반의 잠에 취한 우리들을
태양을 깨우듯이
깨워다오

주님의 눈으로 보고

주님의 귀로 듣고

주님의 입으로 말하게

닭아,

사는 동안 우리도

주님이 오신다고

잠든 세상을 깨우는

한 닭 울음소리가 되게 해다오.

들을 귀가 있으면 들으시라

한여름, 하얀
찔레꽃 피고
찔레꽃 피고
땀이 흐르고
지나가던 바람
눈이 시린 하늘
헐떡이는 가슴
잠시 쉬고 있나니
허공에선 쏟아지듯
뻐꾸기 운다

산더러 들으라고
나무도 들으라고
풀도 골짜기도 들으라고
길도 사람도 들으라고
하늘의 나팔 소리같이
뻐꾸기 운다

온 천지 다 적시고

목이 타는
우리들 메마른 가슴속
골목골목을
천둥 번개 치며 비를 몰고 오는
심판의 소낙비같이
뻐꾸기 운다

비틀거리는 삶

죽었다가 살아나서
한동안은
님의 뜻 따라 살아가리라
하루에도 골백번
마음 다졌고

잠들 때나
잠 깰 때나
먹고 마시며
사람을 만나고
일을 할 때나

뙤약볕을 모르는 아침 이슬을
하늘에 받쳐 든 풀잎처럼
나 또한 기도 중에
님을 알려 하였으나

나는 어느새
비틀거리는 삶이 되어

내 뜻 따라 사는 사람으로
다시 살아나서 죽어가고 있다
니나노 바람으로 거듭거듭
죽어가며 살아가고 있다

눈물

모른다 모른다 모른다고
아는 사람들 앞에서
세 번씩이나 배반한 뒤에
열리는 새벽

괴로움에 가슴을 치며
사흘 밤 사흘 낮을
눈물이 빠져나간 눈에 고이는 눈물

배반의 날은 새고
몸도 눈도 숨길 데가 없어
뒤돌아 떠나려 하지만
배반한 자일지라도
세 번 아니라 일곱 번을
일곱 번 아니라
일흔 번을 용서하라는
님의 말씀에 마음 열리고
눈이 열리고
하늘이 열리는……

그날

귀신이 나를 부르면
나는 떠날 거야
두려움 없이 귀신을 신고서

바닥이 다 닳아
더는 못 걸으면
할 수 없이 나를 신고서

감았다 떴다 하는
눈 깜짝임으로
귀신도 모르게

나는 떠날 거야
그 어디
귀신이 나를 부르면

이름

아빠, 저게 뭐야?
별
별이 뭐야?
이름이란다
그냥 별이라고 부르면 돼?
그렇단다
아름답다라고 하면 안 돼?
친구라고 하면 안 돼?
엄마라고 하면 안 돼?

아이는 별을 배우고 아빠는 헛기침을 한다
별을 배운 아이는 아빠가 되고
아빠가 된 아이의 아이도 묻는다
별을 배우기 위해서
아빠와 똑같이 어른이 되기 위해서
하늘에 목을 매달 듯

저게 뭐야? 뭐야? 뭐야?
?표를 던지면

아빠는 대답한다

별, 별, 별,

보기만 해서는 안 된다

이름을 알아야지

아빠가 지은 이름을

이름을 알면 별은 영원히 돌이 될 수 없고

바다가 될 수 없고

아이가 될 수 없고

아름답다가 될 수 없고

친구가 될 수 없고

엄마가 될 수 없고

아이가 어른이 되어도

별은 별이 되고

저만 아는 이름도 별이 되고

아이는 끝끝내 저만 아는 이름을 부르지 못한다

아빠가 되기 위해서

세상에서 내가 되기 위해서

누구신가 당신은

1
누구신가
거기 붉은 옷을 몸에 두르고
머리에는 면류관을 쓰고
개선가를 부르며 하늘로 오르신 이여!

2
작은 산언덕
솔뫼에서 태어난 생명 중의 생명
박해의 회오리바람에 싸여
일곱 살에 고향을 떠나
열여섯에 하느님의 부르심을 받고
마카오까지 가신 이,
당신은

누구신가
겨레의 영혼을 구원하려는
이 한 생각 화두 삼아

맨몸으로 걸어 걸어 몇만 리,

못 먹고 지쳐 눈구덩에
반나마 죽어 잠이 들 때는
일어나 걸으라는 주님 말씀으로 살아나신 이,
당신은

누구신가
수호천사 라파엘 작은 목선 하나로
성난 바다에 돛대도 키도 던져버리고
조국을 떠난 지 10년 만에
이 나라 최초의 목자가 되어 돌아오신 이,
흩어진 양 떼를 돌보려 찾아왔으나
금방이라도 잡아먹을 듯 짖어대는 개들이
우글대는 그런 조국을 더더욱 사랑하신 이,
당신은

누구신가
선교사의 입국길을 열어주려고

연평도 앞바다 등산곶에 갔다가
그만 그 길로 끌려가

오히려 쇠사슬에 손발이 묶여
신문과 회유와 주리를 트는 고문에도
나는 죽여도 뒤이어 또 신부가 올 것이라고
오늘의 2천 5백여 명 목자를 예언하신 이,
당신은

누구신가
신부 되어 열석 달 만에
사학죄인으로 사형선고를 받고
해괴한 피의 제사의 제물이 되신 이,
북한산과 도봉산과 관악산이 굽어보는
한강의 새남터 모래밭에서
비웃음이 소낙비처럼 쏟아질 때
"여러분은 내 말을 믿으시오
내가 외국인과 교제한 것은 오직
우리 교를 위하고

우리 천주를 위한 것이니
내 앞에는 영원한 생명이 시작되려 합니다"라고
하늘과 땅에 외치신 이,

당신은

누구신가
마침내 옷이 벗겨지고
얼굴에는 회칠당하고,
화살이 두 귀에 꽂혀도
스스로 꼿꼿이 세운 목에
'19세기 조선의 망나니' 열두 명의
서슬 퍼런 칼날이 돌아가며 내리쳐도
스물여섯 살의 눈빛, 캄캄한 하늘을 뚫고
쏟아지는 햇살보다 더 눈부시던 이,
당신은

누구신가
마지막 외침의 어떤 것은

돌개바람이 되어 떠돌고
어떤 것은 먹구름 속 천둥이 되고
또 어떤 것은 별이 되신 이여!

3
순교자 김대건 안드레아,
제 목이 떨어질 수밖에 없다면
그것은 당신의 뜻을 이루기 위함이라고
변칙 없는 하느님의 법칙을 따르신 이여

이제 모래밭에 뿌려진 피 다시 생각하며
150년으로 울부짖나니

승리자 김대건 안드레아,
당신 아니 죽어 살았었다면
누군들 믿음의 얼굴로 살다 죽을 수 있으리오
누군들 희망의 얼굴로 살다 죽을 수 있으리오
누군들 사랑의 얼굴로 살다 죽을 수 있으리오

행복

나이 들면서
슬픈 일에는 눈물이 나지 않고
기쁜 일에 자꾸 눈물이 나네

새벽닭이 울기 전에
주님을 모른다고
세 번씩이나 배반한
베드로의 텅 빈 눈에
먼동이 틀 때

베드로의 남은 눈물을
내 마음속 두 손바닥에 받으면서
나는 비로소 나를 보네

알긴 뭘 알아

알긴 뭘 알아
안다는 거지
혼자서는 모르니까
혼자서는 안 되니까
끼리끼리 모여 안다고 우기는 거지
없는 것도 있고, 보지 않은 것도
보이지 않는 것도
보았다고 우기면 본 거지

예수는 하느님이라고
(혹은 사람이라고)
예수는 독생 성자라고
(혹은 장자라고)
예수는 부활했다고
(혹은 소생했다고)
예수는 재림한다고
(혹은 환생한다고)
끼리끼리 모여 그렇다면
그런 거지

모르는 건 모르는 것이고
몰라도 되는 건 몰라도 되는 것인데
그건 죄가 아니니까
그저 괄호 속에 넣어두면 되는 것인데
저승에 가서나 알 일들까지
(정말 저승이 있는지는 또 누가 알아)
끝끝내 살아서 알려고만 그러니
어쩌랴, 법에 걸리는 일이 아닌 걸
어쩌랴, 돈이 생기는 일인 걸

그게 진짜 사는 맛인 걸

사랑의 꽃, 부활이여

그들은 알지 못했다
그분의 빈 무덤을 그들은 알지 못했다
그분이 부활하신 것을
사흘 동안이나

가장 가까이에서
말씀을 듣고 따랐는데도
그들은 믿지 않았다
십자가에 못 박혀 돌아가시고
묻히시어 마침내 부활하시리라는 것을
그들은 믿지 않았다
닥쳐올 고난의 문들을 닫아걸고
분노와 자만심과
욕망의 다락방에서,
그분이 그들 곁에 오시어
나란히 거닐 때도,
이야기를 나누고 음식을 먹을 때도
그들은 알아볼 수 없었다

손바닥의 못 자국과
창에 찔린 옆구리에 손을 넣기 전에는
그들은 알아볼 수 없었다
두려움에 눈이 멀어 있었기에
부끄러움에 눈을 닫아버렸기에

눈 뜨자,
신생의 눈을 뜨자
메마른 땅에서 돋아나는 새싹처럼
마른 나뭇가지에 벙그는 꽃처럼
이 봄에,

혼백을 다해 눈을 뜨자
진실과 사랑뿐이었던
그분의 발자취를 따라 산
나의 삶의 부활을 위해,
사흘이 아니라 지금, 바로
내가 부활하기 위해

네가 켜는 촛불은

네가 켜는 촛불은 희미하나
촛불을 켜는 네 마음은 하늘이구나

촛불을 켜는 마음아
네가 이 세상의 풍경이 되거라

* 처음 잡지에 발표했을 때의 시.

네가 켜는 촛불은 희미하나
촛불을 켜는 네 마음은 하늘이구나
아무리 늦은 밤 돌아와도
불 밝히고 기다리는 창문이여
네가 이 세상의 풍경이 되거라

엠마오로 가는 길에

반 고비 나그넷길에
저문 날이여
허름한 식탁에 산처럼 앉아
이는 내 몸이라고 빵을 떼어 주실 때
이는 내 피라고 술을 따라 주실 때
그 무릎에 엎드려
황소울음을 울던 사람,
그 사람 혹 내가 아니었을까

저녁 연기

배고프고 서러워
소리라도 한번 쳐볼까
언덕에 오르니
굴뚝마다 피어오르는 저녁 연기
나보다 더 가벼워라

가라지

밀밭에 가라지가 자라고 있네
밀처럼 자라고 있네
함께 살아가자고
사는 게 다 그런 거 아니냐고
저 혼자 고개 들고 자라고 있네

평화

단칸짜리 방이나마 도배를 하고
방바닥에 큰 대大 자로 누워
천장을 바라보는 날이여
이렇게 마음 편할 줄이야
평화가 거기 숨어 있을 줄이야

네가 죄로 죽으니

네가 죄로 죽으니
죄짓고도 나는 사는구나

밤새도록 마셔도
술 한 잔

바람

어디로 떠난다 해도 거기 내가 머무나니
님은 나의 두려움 없는 자유라

전야前夜

여행 떠나는 전날 밤 설레듯이
저승 가는 그날에도 설렐 수 있다면

평화의 텃밭

사람이 하는 짓 가운데서 제일 아름다운 건
죄짓고 후회하는 일이니
두려워하지 마라
두려워하지 마라
후회는 평화의 텃밭이니

떠나는 것은

떠나는 것은 다시 돌아오는 일이다
돌아와서 하늘에다 못을 치고
다 해진 인생의 걸망을 거는 일이다

자화상

몸도 마음도 병이 들어
누운 채 바라보는 하늘이여
어디로 가는 구름 한 점이라도
반갑구나 반갑구나
살아서 바라보니 반갑구나

수호천사

꽃들 벙글고
잠자리 떼 날고
강아지 조으는,
이 세상에서 가장 아름다운
손바닥만 한 가을 햇볕에
흑요석을 깜박이며
아장아장 걸어오시는
우리 아가야,
너는 보았니!
네가 넘어질 때
네가 칭얼댈 때
너를 안아주시는
그분,
너와 똑같이 생긴
그분

홀로 울게 하소서

저승길이 벌써 지난 듯하여
날마다 사는 게 부끄러운데
어디를 가나
융숭한 대접만 받으니
이대로 죽으면
하늘나라 못 가겠기에

유명해지려고
잊혀지지 않으려고
외로움을 이기려고
이리저리 어울리다가
눈곱만큼도
하늘에는 쌓은 덕 없어
이제는 죽는 것보다
살기가 더 두려웁기에

오늘은 내 한생 문 걸어 잠그고
맨바닥에 엎드리오니
홀로 울게 하소서

호화 무덤

살아서 뻔뻔스럽더니
죽어서도 뻔뻔스러운 호화 무덤에도
가을은 노랗게 익어가는구나

내 인생의 절반은

주님 때문에
주님 때문에
내 인생의 절반은 지옥이었다

노루귀꽃

어떻게 여기 와 피어 있느냐
산을 지나 들을 지나
이 후미진 골짜기에,

바람도 흔들기엔 너무 작아
햇볕도 내리쬐기엔 너무 연약해
그냥 지나가는
이 후미진 골짜기에,

지친 걸음걸음 멈추어 서서
더는 떠돌지 말라고
내 눈에 놀란 듯 피어난 꽃아.

가을 하늘

몇십 년을 두고 가슴에 든 멍이
누구도 모르게 품안고 살았던 멍이
이제 더는 감출 수가 없어
멀건 대낮
하늘에다 대고
어디 한번 보기나 하시라고
답답한 가슴 열어 보였더니
하늘이 그만 놀라시어
내 멍든 가슴을 덥석 안았습니다
온통 시퍼런 가을 하늘이

수평선 1

하늘과 바다가 내통하더니
넘을 수 없는 선을 넘었구나

나 이제 어디서 너를 그리워하지

올해의 목련꽃

울타리 넘어 이웃집
하얀 목련꽃,
지난해에도
지지난해에도
동내방내洞內坊內 시끄럽게 꽃 피우더니
해가 가도 여전한
바람난 목련꽃,
올해에는
집집으로 호명하듯 피어서
저 좀 보셔요 저 봄 보셔요
속곳도 없이
소복을 펄럭이는 통에
온종일 그걸 바라보던 하늘이
그만 낯이 뜨거워
숨어버리네
노을 속으로
노을 속으로

촛불 하나

—윤후명의 시 「마음 하나 등불 하나」에 답하다

마음이 가난한 이들이 켜는 촛불 하나

굶주린 이들이 켜는 촛불 하나

우는 이들이 켜는 촛불 하나

박해받는 이들이 켜는 촛불 하나

오늘 밤 내 병든 몸 밝히려고

저 혼자 타고 있는 촛불 하나

허공으로 흔들리거라

봄, 일어서다

봄, 일어서다.
한강을 건너 국립극장을 지나
성 베네딕도수도원 가는 길
왼편
비 소식이 없는데도
키 큰 나무들
젖고 있다.

쏟아지는 햇살에
풀잎이 일어서고
흙이 일어서고
산허리 휘감은 공기
온몸으로
눈뜨고 있다.

백태가 벗겨지듯 하늘이 열어놓은
바람의 집에서는
생명들이 알몸의 춤을 추고 있다.
(함께 추실까요?)

유혹에 못 이긴 척 꿈틀꿈틀
더 늙기 전에 어디 한번
나도, 일어서볼까.

고해성사

원수 같은 놈
원수 같은 놈 죽어나 버리지
되뇌듯 미워했는데
오늘 세상 떠났다는 소식에
내 앞길을 막으며
하얗게 쌓이는 아득함이여

밤눈

눈이 쑤신다
낮에는 멀쩡하던 눈이
밤이면 쑤신다
밤을 새워 쑤신다
불을 켜지 않았는데도
불빛이 박히듯 쑤신다
내가 아직도 누굴 미워하고 있나.

안약을 넣어도
한 방울이 아니라 연거푸
두 방울 세 방울을 넣어도
계속 쑤시는 것은
내 눈 속에 잘못된 것이
박혀 있는 것인가
밤새워 아파야 하는
무슨 잘못이 하나
깊이깊이 뿌리박고 있는 것인가
눈을 감아노 보이지 않는
눈을 떠도 보이지 않는……

거울 앞에서 1

벌판의 보잘것없는 들풀 하나도
꽃 한 송이 피우기 위해
1년을 내내 몸살 하는데
나는 60년을 살아도
내 얼굴 하나 짓지 못하고
한겨울이구나

거울 앞에서 2

웃어보려 해도
웃어보려 해도
웃음이 나오지 않아
물끄러미 바라보는
내 얼굴이여
평생이 한꺼번에
부끄럽구나

수평선 2

땅끝마을에 와서
수평선 바라보는 날이여
무수한 배들은 넘을 수 없는 선으로
넘어오고 넘어가는데
내 그리움 하나 실어 나르지 못하고
어느덧 지쳐버린
오늘 또 하루

* 신재창 작곡, 노래.

수평선 3

얼마나 아득하기에
천 번 만 번
처음인 양 밀려왔다 밀려가는가
아무리 꿈꾸어도 가 닿지 못하는
너와 나 사이
둥근 금줄이여

어느 하루 편한 날 없었다
빛이 끝나는 그곳을
바라보고 바라보고 바라보아도
잴 수 없는 거리여
하늘의 천둥 번개도
바다의 해일도 지우지 못하는
내 마음 수평선이여

나

나 같은 것
나 같은 것
밤새 원망을 해도
나를 아는 사람 나밖에 없다

너!

내 마음 수면에 떨어진 말씀 한마디

그 파장이 어떠했던가

어머니 마리아

세상의 모든 나뭇잎 흔들고 지나가는
바람의 힘 다 모아 불어도
어머니,
당신을 하늘에 오르게 하지는 못합니다.

세상의 바닷물이 물방울로 떨어지는
그 물방울마다에
햇살 스미는 물비늘의 눈부심으로도
어머니,
당신을 하늘에 오르게 하지는 못합니다.

당신이 흘린 눈물 자국마다에
장미 송이송이 피어난다 해도
온갖 새들이 밤새워 지저귄다 해도
어머니,
당신을 하늘에 오르게 하지는 못합니다.

캄캄한 다락방에 쏟아지는 뜨거운 사랑에
눈이 열리고 귀가 열리고 입이 열리고

가슴에 묻었던 무덤이 열리고
더는 참을 수 없는 아들을 향한 그리움으로
하늘에 오르신 어머니여

이제 와 영원히 주님을 안으신 그 품안에
우리도 안아주소서
어머니 마리아여.

지금도 세상은

텅 빈 걸망 하나 걸 데도 없이
떠돌며 머물며
맨발 거지로 살다 간 사람,
그 이름 팔아 2천 년을
먹고 마시며 제멋대로 떠들어도
천벌받는 사람 하나 없구나
그분 없는 시대에 태어나
용케도 지옥은 면하는구나

거짓말

네가 한 거짓말 일곱 번이면
내가 한 거짓말
일곱 번의 일곱 번의
일곱 번은 되리

어제도 그랬고, 그제도
또 오늘도

주님 안아보리라

기뻐하여라
내 안의 구유 속에도
품에 안기듯 오늘
오시는 생명,

밤새 숨어 있던 태양이
새벽하늘로 떠오르듯
사람이 되시어
우리 가운데
어서 오시는 숨결,

그 생명
그 숨결로
가난한 이들은
하늘나라를 차지하리니,
지금 굶주리는 이들은
배부르게 되리니,
지금 우는 이들은
웃게 되리니,

기뻐하여라
오늘 밤
내 마음 두 손으로
주님 안아보리라

쓸모없는 나무

쓸모없는 나무가 산을 지키듯
묵묵히 살아가는 사람들이 있습니다
하늘이시여, 그들을 보아서라도
이 땅을 벌하지 마옵소서
오늘 밤에도 왕자 별을 보내주소서

변산 바람꽃

너, 거기 피어 있었구나
가만히 들여다보니
봄바람은
네 작은 꽃 속에서 불고,
가난해도 꽃을 피우는 마음
너 아니면
누가 또 보여주겠느냐
이 세상천지
어느 마음이

* 『낮은 수평선』에 게재한 시를 운에 맞춰 고쳐 『나무 안에서』에 수록.

  변산 골짜기마다 변산 바람꽃 피면
  바람난 봄바람은 꽃 속에서 불고
  꽃들이 살랑살랑 치맛자락 흔들면
  아지랑이는 좋아라 따라 춤추고
  변손 난초도 꽃대 세워 벙그러지네.

행복합니다

행복합니다
마지막 돌아갈 곳이 어딘지
분명히 알고 사는 사람

행복합니다
돌아갈 곳이 어딘지 알아
그 길을 닦으며 가는 사람

행복합니다
먼 여정에도 가지고 갈 것이라고는
남에게 베푼 것뿐인 사람

가지고 갈 것이 하나도 없어
살아온 흔적조차 남기지 않은 사람
당신은 행복합니다

살아서는 조롱과 비웃음에
비틀거리지 않은 날이 하루도 없었나니

2005~2019

나무 안에서(2009)
땅을 여는 꽃들(2014)
화살시편(2019)

마음이 흔들릴 때

천년을 산 나무에
님은 머무시고
거기 맺힌 열매에도
그 열매의 씨앗에도
그 씨앗이 썩어 움트는 새싹에도
님은 머무시니
나무는 신이 나서 흔들리는 거라.
바람 한 점 없이도 흔들리는 거라.

때로 내가 마음이 약해져서
온갖 유혹에 흔들릴 때는
하늘에서 들려오는 소리,
그래, 그래, 흔들리거라.
네가 내 안에 머물고
내가 네 안에 머무니
많이는 흔들리지 말고
뿌리 깊은 나무처럼만 흔들리거라.
그것도 잠시만 흔들리거라.

산책

아침마다 숲길을 거닙니다.
움 트고 새 날아
말 한마디 건네지 않아도
숨구멍은 저절로 열리고
잎은 바람을 흔들어 반깁니다.

발걸음이 빨라지면
나뭇가지도 고개를 끄덕입니다.
속상한 날이건 즐거운 날이건
그런 건 다 내게 내뿜어버리고
내가 주는 생명의 입김이나 실컷 마시라 합니다.

숲속 한 시간으로
하루가 건강합니다.
어제 마신 술은 냉수가 되고
피운 담배도 안개처럼 걷힙니다.

오늘도 숲길을 거닙니다.
비가 오면 비와 함께

눈이 내리면 눈과 함께
바람이 불면 바람과 함께
나는 날마다 오늘 아침입니다.

꽃을 찾아서
—"물론, 당신도 장미입니다." 로버트 프로스트

꽃은 꽃이지요.
나비도 꽃입니다.
저녁나절 심심하여 언덕을 오르면
밤하늘에 마침표를 찍는
(무슨 일에 마침표를 찍는지 몰라도)
별들도 꽃입니다.

산들바람은
하늘과 땅 사이를 분주히 오가며
보이지 않는 길을 온종일 닦아도
땀 한 방울 흘리지 않고,
내가 꽃에 홀려 헤맬 때는
땀을 향기로 바꿔놓지요.

이런 날은 산들바람도 꽃입니다.
꽃을 찾아다니는 동안은
(그 꽃 언제 보기나 했던가)
나도 꽃이 됩니다.

꽃눈 본 벌같이 나를 잊고
일생 내가 꽃을 찾아다닌 걸
누가 알까요.

꽃은 언제나 꽃이고
나비도 벌도 산들바람도,
어느 때는 나도 꽃이 되지만
내가 찾는 꽃은
세상을 꽃이 되게 하려고
꽃에서, 꽃에게, 꽃으로
생명을 전하는 당신이에요.

생명의 노래

무심코 꽃잎을 들여다보다가
나는 깜짝 놀랐습니다.
꽃잎이 오물오물 속삭이는 거예요.
뭐라고 속삭였냐구?

당신도 한 번은 들었을 텐데요.
언젠가 처음 엄마가 되어
아기와 눈을 맞췄을 때
옹알거리는 아기의 생각,
본 적 있지요?
그 기쁨은 너무 유쾌해서
말문을 열 수가 없었지요?

어떤 시인이
그 순간을 표현할 수 있을까요.
그날 꽃잎의 속삭임은
아무도 못 본 것을 본 놀라움이었지요.

너도 없고 나도 없는

꽃 속에서의 두 영혼의 만남,
그건 생명의 노래였습니다.

나무 안에서

산에 오르다
오르다 숨이 차거든
나무에 기대어 쉬었다 가자.
하늘에 매단 구름
바람 불어 흔들리거든
나무에 안겨 쉬었다 가자.

벚나무를 안으면
마음속은 어느새 벚꽃 동산,
참나무를 안으면
몸속엔 주렁주렁 도토리가 열리고,
소나무를 안으면
관솔들이 우우우 일어나
제 몸 태워 캄캄한 길 밝히니

정녕 나무는 내가 안은 게 아니라
나무가 나를 제 몸같이 안아주나니,
산에 오르다 숨이 차거든
나무에 기대어

나무와 함께

나무 안에서

나무와 하나 되어 쉬었다 가자.

시골 사람들은

시골 사람들은
고개를 들어 자주 하늘을 바라봅니다.
일을 하다가도
길을 가다가도
술을 마시다가도

비를 품은 구름이 어떤 구름인지
아지랑이는 왜 춤을 추는지
바람은 어디서 불어와서
또 어디로 가는지
시골 사람들은 압니다.

어느새 어둠이 골목을 빠져나가
하늘에 포장을 치면
별들은 신이 나서 깜박입니다.
그 눈 깜박이는 것을 보고
'내일은 날이 좋겠다'
'모레는 서풍이 불겠다'
점도 칩니다.

하늘과 별과
풀과 나무와 새들,
물고기와 시냇물은
한 몸의 지체같이 서로 사랑하기에
만물이 숨 쉬는 것을
시골 사람들은 다 압니다.

개나 소도 그걸 압니다.

늘 푸른 소나무
— 김원일 형에게

씨앗 하나가 바위에 떨어져
뿌리를 내리고 싹을 틔울 때까지
얼마나 힘들었을까.

제 어미 젖가슴인 양
마른 젖 빨듯 붙들어 안고
바위를 가르고 자랄 때까지
몇백 년이 걸렸을까.

모진 풍상에도
한번 떨어진 자리
즐거이 견디며 자라더니
늘 푸르고 의젓하구나.

하늘과 땅의 상속자는
아무리 둘러보아도 보이는 것은 너뿐
너밖에 아무도 없구나.

우리는 떠돌아도

—나무를 위한 찬가

너 없이 무슨 바람이 시원하며
너 없이 무슨 공기가 맑겠느냐.

너 없이 태어난 것이 무엇이고
너 없이 자란 것이 무엇이냐.

네가 서서 잠잠히 자라기에
우리는 떠돌아도 편안하구나.

누가 뿌렸나

누가 뿌렸나
여기 후미진 길모퉁이에
꽃 한 송이,
저 혼자 방긋만 해도
무슨 말을 하는지
벌 나비 알아듣고
꽃 소문 퍼뜨리느라 종일 바쁘네.

꽃은 세상에 제일가는 알부자,
바람도 제 것
향기도 제 것
벌도 제 것
저를 바라보는 나도 제 것

저는 물론 제 것이지만
지나가던 사람 한 번 더 돌아보게 하고
무정한 사람 눈길도 붙잡으니
꽃아,
어디 한번 물어보자.

이 후미진 길모퉁이에
너를 뿌린 이 누구이신가.

양파

벗겨도
벗겨도 껍질뿐인
벗겨도
벗겨도 속살뿐인
네 진실은 어디 있지.

어느 가슴 뚫고 나왔느냐
동그란 네 알몸
만지고 벗기고 핥아보아도
알큰한 매운맛
재채기만 나오고,

겉도 속도 너는 없고
너 아닌 것도 없는,
작아져도 여전히 똑같은
미끄러운 감칠맛
재채기만 나오고,

연이어 터지는 재채기

네 알몸에
네 진실에
재채기
재채기만 나오고,

허수아비를 따라다니다
허수아비에 싸인 나,
아직 남은 재채기로 벗기면
여전히 시원한
재채기만 나오고……

수면水面 2

너와 나 수면을 이루기 위해
얼마나 낮게 흘러왔더냐.

일생을, 아아
어느 하루 편한 날 있었던가.

무명씨無名氏

별이 하나 떨어졌다.
눈에 없던 별이다.

캄캄한 하늘에 비질을 하듯
한 여운이 잠시
하늘에 머물다 사라진다.
흔적 하나 남기지 않고
보다 작게
보다 낮게
한 점 남김없이 살다 간 사람,

그를 기억하소서.
그의 여운이 아직 사라지기 전에
한때 우리들의 이웃이었던 그를.

이것이 나였구나

수술 전날 밤 꿈에
나는 내 무덤에 가서
거기 나붙은 내 명패와 사진을 보고
한생을 한꺼번에 울고 또
울었다.

얼마나 울었는지
흘린 눈물을 담아보니
내 육신 자루에 가득했다.
살아서는 한 방울도 맺히지 않던
눈물.

그랬구나
그랬구나
이것이 나였구나.
좀더 일찍
죽기 전에 죽었으면 좋았을 걸.

내 그림자에게

내 가야 할 길 뉘에게 물어 알리.
사방을 둘러보아도
나 말고 물어볼 이 아무도 없네.
(물어본들 또 무엇하리)
말없이 따라오는 내 그림자
오늘도 서성이며 두리번거리는 내게
재촉하듯 묻네.
스스로 물어보라
물어보라
물어보라.

당신이나 나는

당신이나 나는 웃는 걸 좀 배워야 해요.
일생 박장대소할 일은 없었어도
눈물 때문에 웃음이 났던
철없던 때도 있긴 있었지요.
의미 없는 웃음이긴 했어도
그런 때가 있긴 있었지요.

힘든 생활에 웃는 법도 잊었지만
즐거웠던 일 하나쯤은 찾아내어서
가슴을 열어놓고 웃어봅시다.
헛웃음 칠 일은 없을 테니
미소 짓는 연습이나 해둡시다.
당신에게 잘 어울릴 거예요.

무한 공간을 두고
당신이 짓는 미소 들으려고
초승달은 어느새 제 모습 바꿔
하늘의 귀가 될지 누가 알아요.
우리가 남길 일은 웃음과 즐거움뿐,

하늘도 모르시게 웃어봅시다.

날마다 생일날

오늘은 생일날
아기 하느님 태어나신 날

해도 달도
샛별도 끝 별도 반짝이거라
강도 바다도
거기 사는 물고기는 춤을 추어라
숲속의 나무들
하늘 나는 새들아 노래하여라

오늘은 생일날
하느님이 마련하신 날

부유하고 배부른 이
칭찬받으며 웃는 이에게는 아니 보여주시고
마음 바른 가난한 이
의로움에 핍박받는 이에게는
알몸 그대로 드러내 보이시니
놀랍기도 하여라.

오늘 밤은 나도
맨발로 구유에 찾아가서
주님께 드리리라,
그 이름의 영광을

오늘은 생일날
아기 하느님 태어나신 날
우리도 함께 태어나는 날

너와 나 사이

—이소*를 그리며

눈이 내린다.
내리는 눈은 길을 지우고
기억의 멀리까지 지우며 내린다.
네가 떠난 길
여기도 저기도 흠 없는 길인데
너를 찾아가는 길은 어디에도 없고
오늘은 찾을 것 같지 않다.

우리를 만나게 하는 길이
때로는 거칠고 안타까웠지만
내가 찾아가면 너는 언제나 거기 있었는데
너는 없다, 과천에도 인사동에도
추어탕 한 그릇, 소주 한잔이면
우리 두 가슴 데워주던 추어탕집에도
임마누엘 방에는 네 그림자마저 없다.

귀가 나빠 잘 듣지는 못했어도
내 마음속까지 알아듣던 너,
너를 찾아가는 길 아득하지만

눈에 묻힌 오늘 밤
너와 나 사이
이승과 저승을
우리의 자로 재지는 말자.

* 耳笑. 고 임영조 시인의 호.

엘 그레코의 「베드로의 눈물」

손목에 천국의 열쇠를 걸어놓고
하늘을 우러르는 네 눈을 볼 때마다
일생을 통회하는 네 눈을 볼 때마다
눈물 그렁그렁한 네 눈을 볼 때마다
너무 울어 텅 빈 네 눈을 볼 때마다
나는 비로소 나를 본다.

바보 웃음의 향기 하늘에도 퍼져라
— 김수환 추기경 영전에

지금 세상은 봄 공기가 일어서려 하고
금방이라도 꽃망울이 터질 듯한데
아직 봄을 가로막는 추위가 남아 버티고 있지만
당신 웃음의 향기는 변함없이
저희 마음에 퍼지고 있는데……
세상을 뜨시다니요.

숱한 고난과 역경,
시기와 비난에도 흔들리지 않고
'너희와 모든 이를 위하여'
자신을 촛불처럼 태우시던
당신의 의로우심
드높은 하늘인들 비할 수 있으리이까.

소외된 이와 가난한 이들,
행려병자와 장애인들을
한마음 한 몸으로
함께 고생하고 함께 즐거워하시던
당신의 자비하심

따뜻한 햇볕인들 비할 수 있으리이까.

당신 자화상을 보시면서
바보 같다고
그렇지 않느냐고
저희를 일깨우며 웃으시던
당신의 슬기로움
만권 서적인들 비할 수 있으리이까.

오늘 당신 영전에
무릎 꿇고 허리 굽혀 드릴 것은
마음속 두 손에 담은 눈물뿐이오나
영혼 가운데 가장 아름다운 영혼이시여!
당신이 이루신 놀라운 일들
저희는 입을 모아 찬양하나이다.

천사들아, 찬양하여라.
하늘과 땅아,
바다와 강들아,

그 안에 사는 모든 것들아,

너희도 찬양하여라.

영원히 찬송하고 찬미하여라.

당신의 온화한 웃음 때문에

저희는 따라 웃기만 하다가

웃음 뒤에 숨겨둔 불면의 30년,

당신의 속마음 헤아리지 못하였어도

올곧은 샘이시여!

이 땅에 퍼트린 당신의 바보 웃음의 향기

하늘에도 퍼져라

퍼져라

퍼져라.

나팔꽃

저 나팔꽃 한 번 보려고
60년을 기다렸구나.

이슬 눈 초롱초롱한
새벽 4시 15분

옆길

『질문의 책』*을 읽다가
그만 정신이 팔려
한참을 엉뚱한 길에서 놀았다.

하늘이 무너지면 새들은 어디서 날까?

땅이 꺼지면 허공은 얼마나 깊어질까?

사람은 어디에 발 디디고 살지?

끙끙이속 신발끈을 고쳐 매고
지구 밖에 나가봐야겠다.

* 파블로 네루다 시집.

교감

성 프란치스코와 새는
무슨 말로 대화했을까.
그야 영적 대화겠지,
무심코 대답했는데
옆에서 누가
그걸 영적 교감이라는 거여,
단숨에 고친다.

우리가 주고받는 말들은
의미가 깊다 해도
영적 교감은 아니다.
새가 무슨 말을 하는지
꽃은 왜 웃다 말다 하는지
바위는 정녕 침묵만 하는지
알지 못한다.
(나비라면 혹 알까?)

영혼이 오가는 순간을
어찌 귀와 입으로 붙잡겠는가.

눈도 아니다.
생각도 아니다.
나 없는 내가 되어
가슴으로 듣는 말,
사랑의 숨결이다.

쉬었다 가자

내가 날마다 오르는 관악산 중턱에는
백 년 된 소나무 한 그루가 서 있는데요
팔을 다 벌려도 안을 수가 없어서
못 이긴 척 가만히 안기지요.
껍질은 두껍고 거칠지만
할머니 마음같이 포근하지요.

소나무 곁에는 벚나무도 자라고 있는데요
아직은 젊고 허리가 가늘어서
내가 꼭 감싸주지요.
손주를 안아주듯 그렇게요.

안기고 안아주다 보면
어느새 계절이 바뀌고
10년도 한나절같이 훌쩍 지났어요.
이제 좀 바위에 기대앉아
쉬었다 가는 게 좋겠지요?

무에 대하여

내가 무無에도 씨가 있다니까
내 친구 강은교 시인이 한바탕 웃더니
나는 무지개의 알을 보았다는 거라.
그 알이 무슨 알인지 궁금해
그 알 좀 보여달랬더니
이번에는 또
그건 이류가 되는 일이라
가르쳐주면 지구 밖으로 추방당한다는 거라.

플라톤이 시인을 추방하자는 것도
바로 그 표현할 수 없는 것을
일류 시인은 표현하기 때문이라나.
그래 맞네, 맞아.
진리는 표현하는 것이 아니란 거
그대가 이류가 아니라는 거
나도 이제 알겠네.

땅을 여는 꽃들

봄비 오시자
땅을 여는
저 꽃들 좀 봐요.

노란 꽃
붉은 꽃
희고 파란 꽃,
향기 머금은 작은 입들
옹알거리는 소리,
하늘과
바람과
햇볕의 숨소리를
들려주시네.

눈도 귀도 입도 닫고
온전히
그 꽃들 만나고 싶거든
마음도 닫아걸어야겠지.

봄비 오시자
봄비 오시자
땅을 여는 꽃들아
어디 너 한번 안아보자.

I love you

―최인호 영전에

오늘 밤 날이 새면
하늘의 별들은 시들어 그 빛을 잃겠지만
그대의 이름은 결코 시들지 않으리.
지상에서 빛나던 그대의 별은
내일 밤 하늘에서 새롭게 빛나리.

50년을 그대는 별이었고
50년을 그대는 꽃이었고
글만 써서 살 수 있는 길을
이 땅의 작가들에게 열어준 그대,
그리운 벗이여!
그대를 거친 세상에 살게 한 육체,
그대의 영혼을 담았던 육체,
이제 훌훌 벗어놓으시고
그대 '별들의 고향'으로 떠나시게.

그대가 남긴 마지막 말,
"주님이 오셨다. 됐다."
어서 주님 손잡고 떠나시게.

그대를 위해 태초에 마련한
하느님 품에서 편히 쉬시게.
하늘로 가는 길이 '길 없는 길'일지라도
바쁜 세속 일 벗어났으니
천천히 한눈도 팔면서 떠나시게.
늦어도 빨라도 사흘이면
그리운 천국 문은 열리리니.

내 영혼의 혈연이여!
내 목소리 그대가 들을 수 없고
그대 목소리 내가 듣지 못해도
그대를 반기는 영생의 나팔 소리
내 영혼의 귓전에 울리는 듯하다.

I love you!
I love you!
I love you!

조금 취해서

남 칭찬하고
술 한잔 마시고,
많이는 아니고
조금, 마시고
취해서
비틀거리니
행복하구나.
갈 길 몰라도
행복하구나.

오늘은 당신 없이
—아내에게

봄비에 젖은 꽃
산길 따라 한꺼번에 피었습니다.

당신 없이 나 혼자
너무 심심해
무슨 말이든 누구와 나누고 싶어.

그래, 그래, 그래,
오늘은 당신 없이
그냥 꽃하고 눈만 맞추며
게으른 산행을 할까 합니다.

봄·봄·봄

다들 살아 있었구나.
너도,
너도,
너도,
광대나물
너도,

그동안
어디 숨어서
죽은 듯
살아 있었느냐.

내일은
네오내오없이
봄볕에 나가
희고 붉은 꽃구름
한번 피워보자.

나무를 통해서

운명을 견뎌내느라
꿋꿋이 서 있는 너를 볼 때마다
내 팔다리는 가늘어지고
내 생각은 너무 가벼워
몸 둘 바를 모르겠기에
나는 때때로 네 앞에서 서성거린다.
너를 끌어안고서
네 안에 들어가려고,
너를 통해서
온전히 네가 되어보려고.

지금 여기에

아침 관악산 둘레길
새들의 노래,
몸도 마음도 깨어
문득 허공을 날고 싶다.

만나는 사람 없어
말을 건넬 순 없지만
아침 새들의 목소리는
허공보다 멀리
조잘조잘 날아간다.

시계에 맞춰 바삐 살다 보니
숨어 있는 기쁨 누가 알까.
마음껏 혼자 심호흡하는 아침이면
행복이 지금 여기에 있다는 것을
네오내오없이 나눠주고 싶어진다.

밤

밤아,
마침내 네가
흩어진 천지 사방을
하나로 모았구나

우리 동네

우리 동네 구멍가게에는
있는 것도 없고
없는 것도 있다

그냥 거기 맘 놓고
아무거나 가져가거라

이따 또 오지 마라

이웃

누가 네 이웃이냐 묻지 마라
나도 네 이웃 아니냐

꿈

겨우내 땅속에서
숨죽이고 꾼 꿈 하나 들고
땅 밖으로 나오는 새싹들아,
너를 보고 있으면
가슴이 아프다.

이 풍진세상을 어떻게 견디려고
꿈은 또 언제 펼치려고.

높바람

높바람이 분다.
어디에
데불고 떠나야 할 것이 숨어 있나 보다.

옷깃 여며야겠다.

눈이 오시는 날
—미당 선생님을 기리며

홍시를 먹다가
하늘에 계신 어른께선
무얼 잡수고 계시나 했더니
아랫목에 가부좌를 틀고
까치가 쪼다 만 홍시만 골라
오물오물 드시고 계시네.

서리 맞아 움츠려
바람 소리만 들어도 떨어질 것 같은
가지 끝에 매달린 홍시를 생각하며
그 화창한 웃음 머금고
여전히 즐거워하시네.

자네도 하나 자셔보시게
자네도 하나 자셔보시게
덕담도 나눠주시면서
고로코롬 오물오물 드시고 계시네.

짝사랑

내게 없는 것 네게는 있었다.

눈앞에 떠도는 뜬구름 하나.

너 어디 있었나*

너 어디 있었나 주님 십자가에 못 박히실 때
힘센 기회주의자 빌라도 곁에 있었나
율법주의자 가야파와 함께 있었나
스승을 팔아넘긴 유다 뒤에 숨었나
너 어디 있었나 주님 십자가에 못 박히실 때
스승을 모른다던 베드로를 따라갔었나
잔악한 로마 병사들 틈에 끼어 있었나
기적이 궁금한 구경꾼들 속에 있었나
너 어디 있었나 주님 십자가에 못 박히실 때
두려워 달아난 제자들처럼 떨고 있었나
진실을 고백한 백부장처럼 당당했었나
십자가 아래 여인들처럼 울고 있었나
말해보아라, 사람아 너 사람아
그날 너 어디 있었나 너 지금은 어느 줄에 서 있나

* 가톨릭 성가 합창곡으로 박하얀 작곡.

바위와 꽃나무

허구한 날 묵상만 하고 계시니
그 곁에 꽃나무나 한 그루 심어드리자.
꽃이 피면 심심풀이 눈 마사지에도 좋고
묵묵부답을 알아들으니 답답하지 않겠지.
그걸 눈치챈 나비들 날아들면
바위는 날고 싶어 들썩일지도 몰라.

양파와 쪽파

어느새 우리는 젖어 있다.
희고 검은 소나기에
피할 틈도 없이
우리는 젖어 흘러간다.

나는 이리로
너는 저리로

거기가 어딘지도 모르고
시간을 지우며 흘러가는 나를 붙들어다오.
이 몸뚱아리를, 무엇보다
생각할 시간을 붙들어다오.

양파 대파 실파 쪽파……
맛 좋은 파가 이 땅에는 하고많은데
그것도 모자라
성씨끼리도 파를 만들어
눈만 뜨면 파당으로 모이고
파당으로 분열하는

오늘도,

나는 이리로
너는 저리로

깨지고 터지고 갈라서면서
파당의 소나기에 젖어
정신없이 흘러가는
나는 지금 무슨 파인가.
정체불명의 파당의 시궁창에서
오늘도 여전히 우리는 흘러간다.

나는 이리로
너는 저리로.

꿈을 찾아서

나무들의 대성당에서
새들은 노래한다.
밤새 내려온 이슬방울은
하느님 눈망울인 양 깜박거리고,
바람은 건들 불어
아침을 연다.

오늘은 또 이렇게
하루를 시작하는 거다.
맑은 공기로 가슴 부풀려
세상을 떠도는 거다.
어젯밤 꾼 꿈을 찾아가는 거다.

콧노래를 부르며
콧노래와 함께
나는 다시 나를 찾아
내 노래를 부르는 거다.

대성당의 나무들처럼

거기 깃들어 사는 새들처럼
나도 거기 깃들어
오늘도 한결같이
또 하루를 새롭게 살아보는 거다.

헛것을 따라다닌다

나는 내가 누군지 모르고 산다.
내가 꽃인데
꽃을 찾아다니는가 하면,
내가 바람인데
한 발짝도 나를 떠나지 못하고
스스로 울안에 갇혀 산다.

내가 만물과 함께 주인인데
이리 기웃
저리 기웃
한평생도 모자란 듯 기웃거리다가
나를 바로 보지 못하고
나는 나를 떠나 떠돌아다닌다.

내가 나무이고
내가 꽃이고
내가 향기인데
끝내 나는 내가 누군지 모르고
헛것을 따라다닌다

그만 헛것이 되어 떠돌아다닌다.

나 없는 내가 되어 떠돌아다닌다.

* 『열왕기 하권』 17장 15절.

사랑의 신비

바닷가 모래밭에
한 아이 구덩이를 파서
바다를 담고 있네.
조개껍데기로 퍼 담고 있네.

거기서 뭐 하느냐 물으면
"이 구멍에 바닷물을 다 담으려고요."
"그건 불가능하단다." 일러주어도
아이는 계속해서 퍼 담고 있네.

* '성 아우구스티누스의 모래사장'에 얽힌 전설. 아우구스티누스의 삼위일
체론 참조.

제4과
—직관의 시인들

제1과, 끝끝내 덜된 집
제2과, 단번에 깨친 듯 거침없는 바람
제3과, 흥에 겨워 허구한 날 노래하는 나무

세 귀신 사이에 끼어보려고
이날까지 기웃거렸는데
틈을 찾지 못했다.

하늘이 내 이름 부르면
마지막 숨을 몰아세워 이렇게 써야지.
제4과, 못 지킨 빛 한 줄기.

낯선 곳

아침은 드셨지요?
떠납시다.
20년을 날마다 다녔으니
오늘은 관악산 말고 다른 데 가봅시다.

안양천도 3년 넘게 걸어봤고,
개불알풀, 나숭개, 민들레…… 봄을 열어놨으니
함께 떠나고 싶네요.
별똥 쏟아지는 밤길도 싫진 않지만
사람 안 다닌 그런 데 없을까요.

그런 데는 없다구요?
그러면 그냥 떠납시다.
아주 멀리요.
바람이 맛있는 데 가서
몸과 마음은 바람으로 배불리 채우고
너도 잃고 나도 잃는
낯선 곳이면 얼마나 좋을까요.

그런데, 아니, 뭐라구요?

나더러 먼저 떠나라구요?

건들대봐

나뭇잎은 흥에 겨워
건들대는 거야.
천성이 그래
사는 게 즐거운 거지.

바람 불면 바람에 흔들리고
비 내리면 비에 젖고
새들이 노래 부르면
새들의 날개에 얹혀
한번 날아보는 거야.

그런 게 사는 맛 아니냐고,
너도 건들대보라고,
죽기 전에 후회 없이
한번 건들대보라고.

큰일이다, 아

큰일이다, 아
시에 침묵이 사라졌다.

목소리가 다스리는 세상
침묵은 숨 쉴 곳이 없다.
(광장에 숨었나?)

소리란 소리
헛소리
잡소리
개소리
제멋대로 짖어대니

큰일이다.
그림자 속에도 침묵이 없다.

그 시간

때가 왔다.

물과 빛과 공기
그게 다 무슨 소용이냐.

떠나는 거다.

욕망의 종살이에서
마침내 해방됐으니
내 뜻대로 사는 거다.

누굴 믿고
무얼 바라고
사랑하지 않아도 행복한
그 시간이 왔으니

떠나는 거다.

영혼아,

얼굴 맞대고 바라보며

기쁨을 누리자.

저승에는 죽는 일 없을 테니

누리자

누리자

누리고 보자.

* 『요한복음서』 12장 27절 참조.

시를 쓴다는 것

영혼을 파먹고 살았다.
50년을 파먹었는데
아직도 허기가 진다.

삶의 흔적을 남기려고
영혼을 파먹는
그게 허영 때문인지
진실 때문인지 모르겠다.

번개 같은 목숨
보고 듣고 깨닫기도 전에
영혼 파먹기를 해온
욕망의 구더기여,

이제 그만 깨어 날아다오.
높이 날지 못하면 어떠랴.
멀리 가지 못하면 어떠랴.
천 날을 견뎌 하루를 사는
하루살이라도 좋다.

날아다오 날아다오.

번데기에서 깨어난 날개들아
우리 같이 날아보자.
내가 너희 형제 아니더냐.
너희가 우리 이웃 아니더냐.

시

엄마 젖가슴에 안겨
옹알거리는 아기

눈을 감아도 수호천사를 만나
무슨 생각을 나누는지
연신 하늘에 웃음을 보내는 아기

보이는 것 중에서 가장 신성한
이제 막 태어나는 아가 말

좋은 시인의 시도
태어난 지 세이레쯤 된
아기 옹알이 같은
눈에 보이는 음악이어라.

호號 이야기

나는 몇 개의 호를 가졌다.

어느 해 스승의 날
미당 선생님께서 호를 하나 내려주셨다.
"자네 고향이 부안이니
그곳의 명산 변산邊山으로 하시게.
변두리 산, 거 좋지 않은가."

법정 스님은
평소 내가 얼마나 병약해 보였는지
"오래 사시라고 호를 수광壽光이라 지었소."
법명 같기는 해도 마음에 들어
정민 교수에게 자랑 삼아 말했더니
"목숨 壽를 지킬 守로
바꾸면 어떻겠느냐"고 한다.
자비와 사랑의 절묘한 만남 같다.

언젠가 고은 선생께 호를 부탁했는데
한 3년쯤 지나서

"여기 호 지었네. 수정水頂, 그거 좋아!"
물의 정상은 가장 낮은 곳인데
나더러 물의 정상에 서라는 건가?

조광호 신부는
내 세례명이 스테파노니까,
스테파노는 돌멩이에 맞아 죽었으니
'소석小石이 좋겠다' 했고,
유안진 시인은 뜬금없이 전화로
"일사一史라는 호를 지었는데 받겠느냐" 물었다.

그리고 2014년 10월
시집『땅을 여는 꽃들』을 상재했을 때
김병익 선생께서 그걸 읽어보시고
'송연松然'이라는 호를 주셨다.
나더러 소나무답다니!
너무 황송하고 무엇보다
소나무에게 미안해 받아도 될지 모르겠다.

이래저래 나는 호 부자가 된 느낌이다.

이제 나도 나이가 좀 들어

더는 호를 내려줄 분이 안 계실 것 같다.

정현종 시인께서 지어 준다고 약속은 했지만

지금까지 감감무소식이다.

* 정현종 시인께서 이 시가 발표되고 몇 달이 지나 '지심之心'이라는 호를 지
  어 주었다. 무슨 뜻인가? 거짓 없는 마음? 떳떳한 마음? 마음 가는 대로?

오후 3시에*

오후 3시쯤에 예수님께서는 큰 소리로 "엘리 엘리 레마 사박타니?" 하고 부르짖으셨다. 이것은 "저의 하느님, 저의 하느님, 어찌하여 저를 버리셨습니까?"라는 뜻이다.

—『마태오 복음서』 27장 47절

하루살이 한 마리가 방에 날아들었다
오후 3시에,
소리도 내지 못하는 그 작은 날개로……

유리창에 앉아 창밖을 내다보는데
무심한 내 손은 눈 깜짝 사이
그의 전 생애를 앗아버렸다

누가 그의 죽음을 바랐던가.
창밖으로 쫓아낼 수도 있었다.
그의 남은 몇 시간의 삶을
즐기도록 기다려줄 수도 있었다.

전 생애라야 하루뿐인데

틈을 내어 찾아온 손님,
그의 사는 참모습과 만날 기회를
순식간에 지우고 나는 낮잠에 들었다

그는 죽으면서 이렇게 말하지 않았을까?
"제 영을 당신 손에 맡기옵니다."**

그의 영혼
나의 영혼
어떤 차이가 있는가.

그의 영혼의 무게
초신성만 할지 모르는데,
그의 영혼의 눈
태평양만큼 눈물이 고여 있을지 모르는데,
그의 영혼의 가슴
은하수를 품고 있을지 모르는데,

내 꿈과 같은 꿈을

그도 꾸고 있을지 모르는데.

낮도 밤도 아닌 오후 3시에,

하루살이여

어디까지 보고 떠났느냐.

너 없는 천지 사방은 침묵만이 감돌고 있다.

정녕 이것이 네가 바라던 그 시간이었더냐.

* 정현종 시인이 번역한 로르카의 시 「익나시오 산체스 메히아스의 죽음
  을 애도하는 노래」의 리듬에 맞춰 지어보다.
** 『루카 복음서』 23장 46절 참조.

지금 피는 꽃은

지금 피는 꽃은
지난해 피었던 꽃은 아니어도
아름답기 그지없고
오히려 새로운 것 같아요.

하늘을 우러러 피지만
향기는 늘 대지에 퍼뜨리고

네가 꺾지만 않는다면
내년에도 내내년에도
꽃 피고 새 울어 열매 맺고
생명을 품고 익어가지요.

나무에 혈기가 오르면
새들은 한 곡조 더 부르고 싶어
이 가지 저 가지 옮겨 다니겠지요.

우리의 꿈

당신도 당신 뜰에
꽃나무 한 그루 심어보세요.
잘 자랄 거예요.

햇볕과 바람과 빗방울로
나무는 자라는 게 아니에요.
당신이 눈길만 주어도
당신이 누군지 알고 싶어
나무는 자기를 엽니다.
오늘 아침에 보셨지요?
당신이 다정한 눈길을 주니까
목련이 절로 꽃 피우지 않던가요.

당신이 누구시든지
꽃나무는 당신 사랑으로 자라서
당신이 손을 흔들면
온몸으로 응답했지요.
우리의 꿈은
그 순간 이루어지구요.

제멋에 취해

봄이 오면 만물은
꿈꾸기에 바쁘다.
바람이 불면
꾸다 만 꿈 깨어나
산과 들을 쏘다니다가
눈 깜짝 사이
입김을 풀어
한꺼번에 꽃 피우고는
제 멋에 취에
제 향기에 취해
봄바람 품어 안고
모두 어디로 떠나려나.
하느님도 몸을 푸는
봄이 일어서는 날.

수평선 9

이제 네 마음 알았으니
그냥 거기 있거라.
더 다가가지 않을 테니
달아나지 마라.
너를 그리워할 곳이 여기라면
여기서 기다리마.
한처음 하느님이
그리움 끝에 테를 둘러
경계를 지었으니*
그냥 여기서 바라보며 그리워하마.
내 마음 실어 나르는
출렁이는 파도여.
넘을 수 없는 그리움이여.

* 『잠언』 8장 27~29절, 『욥기』 27장 10절 참조.

그래도 봄을 믿어봐

머지않아 닥칠지 몰라.
봄이 왔는데도 꽃은 피지 않고
새들은 목이 아프다며
지구 밖으로 날아갈지 몰라.
강에는 썩은 물이 흐르고
물고기들은 누워서 떠다닐지 몰라.
나무는 선 채로 말라 죽어
지구에는 죽은 것들이 판을 치고,
이러다간
이러다간
봄은 영영 입을 다물지 몰라.
생명은 죽어서 태어나고
지구는 죽은 것들로 가득할지 몰라.

그래도 봄을 믿어봐.

꽃아

누구 마음 설레게 하려고
웃음 머금고 오는 것이냐.

진달래 연달래 철쭉 웃음으로
무심한 눈들 뜨라고 오는 것이냐.

작년에 피었던 것보다
더 눈부시게 피어서
향기 퍼뜨리려 왔느냐.

꽃아, 네 향기에 젖어
나더러 거듭나라는 거냐.
세상을 다시 걸어가라는 거냐.

고래의 노래로 사랑의 등불을 켜다오

—윤후명 등단 50년을 축하하며

그래, 나도
이제 네 마음 알 것 같다.
네 마음에 내 마음 포개어 전한다.

벌써 50년!

우리 고래들* 가운데 한 고래는
귀신고래[1]가 되었지만
남은 다섯 고래들,

밍크고래[2]
혹등고래[3]
수염고래[4]
범고래[5]
돌고래[6]

한번, 우리가 물을 뿜으면
바다는 뛰어오르며
하늘에 무지개를 내걸고,

우리가 눈을 뜰 때면
만물의 얼굴이 소생하는 것을.

범고래여,
한결같은 벗이여.
우리 사라지는 그날까지
그대, 끝끝내 우주에 남아
우리들 고래의 이름 위에
고래의 노래로 등불을 켜다오.
오색찬란한 사랑의 등불을.

* 1 임정남, 2 강은교, 3 김형영, 4 석지현, 5 윤후명, 6 정희성.
『고래』는 '칠십년대' 동인의 동인지 이름이며, 동인들은 고래와 동인들의
특성에 맞춰 별호를 지어 서로 부르고 있다.

돌아가자

돌아가자
돌아가자
돌아서 가자.
앞이 가로막혀
똑바로 갈 수 없거든
돌아서 가자.
낮은 데로
낮은 데로
흘러가는
강물 같지는 않아도
굽이굽이 돌아서
돌아서 가자.

낙조대의 석양이여

누굴 먹이려고 부쳤는지
몇만 포대의 밀가루와
몇만 개의 달걀을 반죽해
불그름 익어 기우는
격포 앞바다 낙조대의 석양이여.
만백성 배불리 먹고도
열두 광주리는 남겠다.

채석강

하늘이 불타는 채석강을
우리 함께 걸어볼까요.
난바다 수평선 바라보며
잃어버린 시간에 잠겨볼까요.

노을 탓인지 바람 탓인지
일렁이는 흰 물결 따라
물새들 바다를 떠나가면
별은 어둠을 태워 등불을 켜고,

물에 빠져 흔들거리는
둥근 달을 건지려 들면
몸과 마음은 정에 못 이겨
어느새 파도와 한 몸을 이루네.

바닷속에서 태어나는 바위꽃들아
흐드러지게 핀 연꽃들아
물 위에 비틀거리던 달은 어디 갔느냐.

그걸 바라보던 나는 또 어디 갔느냐.

켜켜이 쌓은 책바위는
하늘과 바다를 제 몸에 새겨 넣지만
누가 그 까닭을 읽을 수 있으랴.
하늘도 바다도 말을 못 하네.

변산 채석강 진홍빛 노을 따라
나를 찾아 떠도는 나그네여,
감춰진 비밀이야 모르면 어떠랴.
지금은 불타는 채석강을 바라보자.

* 채석강은 전북 부안군 변산면 격포리에 있는 경승지.

내가 죽거든

내가 죽거든
내 관 뚜껑은 열어둬.
관악산 문상을 받고 싶어.

아침마다 걷던 숲길이며
억만년 묵상 중인 바위들,
새들의 만가,
춤추는 나무들,

내가 죽거든
눈 뚜껑을 열어둬.
용약하는 관악산의 내 친구들
마음에 담아 떠나고 싶어.

뜸부기

―우포늪에서

바람 쐬러 잠깐 다녀온다더니
벌써 몇십 년,
어느 하늘을 떠돌고 있느냐.

내 말 들리거든 대답해보아라.
뜸부기 울 때마다 찾아오는
어린 날들아,

네가 울어야 꽃이 피고
네가 돌아와야
논두렁 밭두렁에 잡초가 자라지.

바람 다 쐬었거든 돌아와다오.
코 흘리며 날아다니던
뜸부기 데리고 돌아와다오.

화살시편 1
―거미

그새 새끼를 가졌구나

비 맞은 거미줄 뒤에 숨어
하늘을 바라보는 거미여

화살시편 2
—올빼미

정말 못 당하겠네
밤을 낮이라 하고
낮을 밤이라 우기는 놈들

올빼미 너냐?
아니면
너 말고
또
누구냐?

나냐?

화살시편 3
―눈엽

몇 날 며칠을
눈엽에 불어대는 꽃샘바람

하늘의 비정함에 소름이 돋네

화살시편 4
─소문

봄바람 없이
무슨 꽃이 아름답고
봄바람 없이
무슨 잎이 생기 돋우며
봄바람 없이
무슨 새가 울겠느냐
그 많은 소문은
누가 있어 퍼뜨리나

화살시편 5
—어둠

뿔뿔이 흩어진 것들
어둠 속에 한데 모았더니
시끄러워 못살겠네

이놈들,
그만 흩어지거라

화살시편 6
— 한 소식

바위들 들썩이는 걸 보니
꽃 온다는 한 소식 들었나 봐

내 엉덩이 밑에서 말야

화살시편 7
— 춘삼월

병아리 노란 솜털 속으로
기어드는 너,

춘삼월 꽃샘바람이냐?

화살시편 8
─입춘

어린 딸 하나 뒀으면
시린 등이 따뜻하련만

하늘을 보며 봄 기둥을 만져본다

화살시편 9
―인호야!

어깨동무 내 동무
청진동 뒷골목 옆 골목
취하면 비틀비틀
떠들며 누비던
인호야,
저승에도 뒷골목 있니?
열차집 낙지집도 있니?
인호야, 성 베드로야

화살시편 10
—돌아보니

헛것에 홀려
떠돌다
떠돌다 넘어져
돌아보니
아이쿠머니나,
천지 사방이 여기였구나

평생이 이 순간이구나

화살시편 11
—두 시인

바람의 애벌레를 본 김영석
바람의 혼령에 취한 김형영

두 시인은 동진강 바람 먹고 자란
초등학교 동창생

화살시편 12

― 자유

공초 오상순 선생은
"자유가 날 구속했다"는
명대사를 남기고 떠나셨다

꽁초 연기 붙잡고

화살시편 17
―밤길

너무 어두워
찾은 길도 밤길이다

어디 동무 없소

화살시편 18

―아니, 아멘

한 번만 더

못 박히소서

내 잘못 내가 모르오니

주님,

한 번만 더

한 번만 더

못 박히소서

나보다 나를 더 잘 아시오니

내 대신 못 박히소서

못 박히소서

못 박히소서

화살시편 21
— 모르겠다

아직도 모르겠다
태어난 것이 행운인지
불행인지

그걸 사람에게 물어보라고?

화살시편 24
―술친구

술이 고파서
누굴 부를까
친구들 얼굴 둘러보니
너밖에 없어
너를 부르려다 그만두었다

얼마 전 술 끊었다 했지

화살시편 25
―10월

저 단풍 좀 봐
한창 뜨겁게 달아올랐네
10월 들어서 몰라보게 달라졌어
시집갈 생각에 정신이 팔렸나?

화살시편 27
—노점상

노점상하고 흥정하는 저 사람

우리 동네

부잣집 마누라 아녀?

화살시편 29
—봄을 믿어봐

봄바람 마신 새들
노랫소리 들리지?
감기 든 목소리가 아니야
목청이 탁 트였어

믿을 건 봄뿐이야

화살시편 30
— 똑같네 똑같아

정의를 외치던 사람들
대문 열고 들어가기만 하면
칼춤 추고 싶어
못 견디겠나 봐

똑같네 똑같아
저러다 정의의 씨를 말리겠어?

* 이하 두 시는 『화살시편』에 수록되지 않았으나 시선집에 추가되었다.

화살시편 32
— 세파世波

바람 불어 흔들리는 나무에게
그만 흔들어라 목에 핏대를 세운다고
나무가 꼿꼿이 서 있겠느냐
목청이 나무가 되겠느냐

세파에 시달리며 한번 살아보아라
사는 게 어디 뜻대로 되는 줄 아느냐?

"평생이 이 순간임을,"

— 김형영 시선집 『겨울이 지나간 자리에 햇살이』에 비춰

김병익

(문학평론가)

"영혼을 파먹고 살았다./50년을 파먹었는데/아직도 허기가 진다"고 김형영은 「시를 쓴다는 것」에서 고백한다. 그럼에도 그의 허기는 전혀 탐욕스럽지 않다. 출판과 잡지의 편집 일을 한 것 외에 오로지 시 쓰기로만 보내기를 쉰해 넘겼지만 그의 시집은 겨우 열 권이고 '전집'으로 묶여도 그리 두텁지 않을 그의 평생의 작업 정리도 그나마 '선집'으로 간추리고 만다. 이 결기가 그의 시적 자존심 덕인지, 결벽증 탓인지 모르지만, 그의 이 선집 마지막 〈화살시편〉 연작의 열번째 작품(돌아보니)에서 "평생이 이 순간이구나"의 속뜻이 아프게 다가오는 걸 느끼며, 시인으로서의 그 절망적인 탄식이 그의 시 세계의 알맹이가 되지

않을까 싶어진다. 이 탄식은 그저 한평생 "헛것에 홀려/떠돌다/떠돌다 넘어져/돌아보니/아이쿠머니나" 비명을 지르게 되는 "천지 사방이 여기였구나"의 깨달음에서만 비롯된 것이 아니다. 그에게는 인간이라면 으레 당하는, 당할 수밖에 없는 힘든 사태들, 그걸 이겨낸 뚝심을 되돌아보게 마련인 나이에 이르러 남보다 더한, 시인이기에 그 질감이 더욱 진한, 삶의 내력이 잠겨 있었다. 그것이 그의 육체적인 병과 그것을 참아내며 기대게 마련인 신앙을 심신의 양쪽에 거느리며 시(인)의 생애를 알 박아온 것이다.

스스로 자기 삶을 네 단계로 나누는 사연에 육신의 아픔과 그걸 견뎌내게 한 신앙의 내력이 짧게 적혀 있다. 그가 시단에 데뷔하여 두 권의 시집을 낼 수 있었던 스무 살에서 서른 남짓에 이르는 시기, 그로부터 깊은 병에 걸려 투병하고 가톨릭에 입교하던 마흔 넘어의 나이, 거기서 많이 회복된 육신의 평온 속에 세계와 신앙이 교감하던 오십대의 10여 년,* 그리고 이제 자연 속에서 자아를 다시 다지는 육십대 이후가 그것이다. 그것을 시인은 스스로 정리하여 '관능적이고 온몸으로 저항하던 초기' '투병 중에 가톨릭에 입교하여 교회의 가르침에 열심인 시기' '종교의 구속

---

* 나는 김형영의 다섯번째 시집 『새벽달처럼』에 대한 해설을 쓰면서 그 전의 네 시집을 참조한 바 있다. 그 글 「의식의 진화와 절제의 시학」은 나의 책 『21세기를 받아들이기 위하여』(문학과지성사, 2001)에 재수록되었다.

에서 벗어나려는 시기' '자연과 교감하며 나를 찾아 나선 시기'로 설명하고 있다. 물론 이 시집의 시들은 시인 자신이 선정한 것이고 나는 다시 아픈 그의 얼굴을 떠올리며 그의 작품을 그의 생애와 엮어가며 읽고 있는 중이다.

당연히 젊은 시인은 자기 현실에 저항하고 스스로의 존재에 번민하며 시의 언어로써 자신의 삶을 규정하게 된다. 피가 끓어오르는 젊은 나이의 그는 환한 보름달을 보며 충만감에 젖기보다 오히려 "어디 저승 같은 데서/쇠망치로 불덩이로/살모사의 혓바닥으로/울부짖는" 너를 보고 "내가 네 자궁 속에 빠지는 소리,/끝없는 소리, 소리,/소리의 무덤"(「만월」) 속으로 빠지는 절망적인 열정에 빠진다. 그리고 스스로 "어둠을 헤매며/더러는 맞아 죽고/더러는 피하면서" "혼자서도 소리를 친다" "모기 소리로 소리를 친다"(「모기」). 하찮은 모기의 이 '저항하는 모기 소리' 때문에 유신 시절의 군사정권은 이 시집 『모기들은 혼자서도 소리를 친다』를 판금시켰는데 시인이 좀더 아프게 여긴 것은 "영원한 동경의 몸짓으로/아이의 울음을" "아이의 무덤 속에서"(「능구렁이」) 우는 울음이다. 미당의 정서를 연상시키는 뱀의 이미지는 곧 "널 따르는 동란"(「뱀」)의 노래이다. 김형영의 이십대는 그처럼 그의 나이에 고뇌하는 저항처럼 "지옥을 기웃거리는/한 마리 개똥벌레가 되"

어 "죽음만이 우리를 미치게 하는"(「나의 악마주의」) 전율
의 시기였다.

　이십대의 이 절망적인 항의가 잦아들게 된 것은 그 이
름이 복잡하여 알 수 없는 '조혈모세포 성장 기능 저하증'
으로 그가 생사를 가늠할 수 없는 병 때문이었다. 피가 모
자라 육체적 고역을 당하며 그는 당연히 죽음을 상상하게
되고 그것은 병의 아픔보다 더 현실적인 세계 인식의 마
디가 된다. "죽음아,/내 너한테 가마./세상을 건다가 떨어
진 신발/이제는 아주 벗어 던지고/맨발로 맨발로/너한테
가마"(「나그네 2」)라며 눈앞으로 다가온 죽음을 향해 부르
는 그의 단말마는 장사익의 소리로 불려 내가 가장 아프게
듣는 「꽃구경」의 설움으로 다가온다. 나는 이 소리를 들을
때마다 "아들아, 내 아들아/너 혼자 내려갈 일 걱정이구
나"라는 어머니의 안타까움보다 고려장을 당하는 그 어머
니가 산속 크나큰 어둠 속에서 견뎌내야 할 공포와 외로움
에 더 전율한다. "죄의 그림자가 앞서가는"(「통회시편 2」)
회개의 목소리로 "봄날의 축대처럼/당신 앞에 무너져 내
려/우르르 우르르 무너져 내려" "살아도 살지 못하고/죽
어도 죽지 못하"(「통회시편 5」)는 절대의 절망과 회오가 그
전율 앞에서 고해된다. 불행히 (그리고 또 다행히!) 이 육
체적 절망을 경험하지 못한 내게, 육신의 아픔보다 죽음의
배회가 더욱 두렵다. 그것은 존재의 부정이면서 확인의 계

기가 되기 때문이다. 그것은 어쩌면 "아름다워 죄를 짓는" "스스로를 동여매며"(「통회시편 6」) 우는 울음이기에 더욱 통곡에 가닿는 절망이 된다.

그런데 시인 자신에게, 아니 그보다 그의 독자인 우리에게 다행스럽게도 그는 의욕적인 의사의 치료와 그 스스로의 의지에 힘입어 그 치명적인 병을 이겨내고 그의 삶에 대한 의지도 넓어진다. 그 넓어짐은 우선 가톨릭에서 온 것이고 여전히 분방한 그의 시적 상상력은 종교로 향한다. 아마 어린 시절에 바라본 성모상이 병약하고 또 그런 상태에서 회복되기 시작한 그의 눈앞에 따뜻이 다가온 듯하다. 그는 베드로와 아우구스티누스만 아니라 한국의 첫 신부인 김대건에서 김수환 추기경에 이르기까지 종교시를 쓴다. 그러나 기독교 체험은 있지만 가톨릭에는 무지한 내게 다행스럽게도, 그의 시는 가톨릭 지향보다 가톨릭적 심성으로 바라본 자연과 사물에 대한 이해에서 더욱 따뜻한 시적 상상력을 발휘한다. 세계의 세속스러움과 성스러움이 이어지며 어우러져 그의 세계 이해가 확대되는 것을 보여주는 것이 「교감」에서의, "성 프란치스코와 새는/무슨 말로 대화했을까" 묻는 데에서이다. 시인은 그것이 "눈도 아니다./생각도 아니다"라고 부인하고서 "나 없는 내가 되어/가슴으로 듣는 말,/사랑의 숨결"임을 깨닫는다. 그것이 종교적 구원 혹은 부활이라면, 그것은 문학에서 시적 해방 혹은 세계와의 교감으로 바꾸어 적어야 할 것이 아닐까. 그는 드디어 "몸도 마음도 병이 들어/누운 채 바라보는 하늘이여/어디로 가는 구름 한 점이라도/반갑구나 반갑구나/살아서 바라보니 반갑구나"(「자화상」)라고 환호하는 스스로를 발견한다. 육체의 구원은 이렇게 내면의 소생을 거쳐 「교감」의 '사랑의 숨결'로 진화한 것이다. 그리고 「사랑의 꽃, 부활이여」에서 이 같은 탄성을 낳는다. "눈 뜨자,/신생의 눈을 뜨자/메마른 땅에서" "마른 나뭇가지에 벙그는 꽃처럼/이 봄에" 그리고 「소래사」에 봄이 오는 것을 보며 "겨울이 지나간 자리에 햇살이 졸고 있"는 평화로운 풍경에서 "다시 태어나면 찾아오려고/날이 새면 다시 찾아오려"는 삶의 원기를 얻는다. 그 깨우침 속에서 시인은 "내가 산 곳이 이 세상뿐이니/이곳보다 더 아름다운 곳 어디 있으리/내가 본 곳이 이 세상뿐이니/이곳보다 더 추한 곳 어디 있으리"(「인생」)라는 참으로 넓고 초속적인 달관의 세계 인식에 이른다. 그러고는 "지난해에도/지지난해에도/동네방내 시끄럽게 꽃피우"던 「올해의 목련꽃」이 "집집으로 호명하듯 피어서/저 좀 보셔요 저 좀 보셔요/속곳도 없이/소복을 펄럭이"며 불러대는 화사한 환호를 올린다. 그 광경을 상상하는 우리 시선은 황홀한 에로티시즘으로 올리는 이 세계의 환호에 응답하고 싶어진다. 그 부름과 응답은 "너도 없고 나도 없는/꽃 속에서의 두 영혼의 만남,/그건 생명의 노래"(「생명의 노래」)가 되리라.

육신의 회복과 정신의 부활을 치르면서 김형영의 시는 이 세계와의 교감과 공감을 싱싱하게 드러낸다. 그것은 육체의 쾌감만이 아니고 신앙의 은총 때문만이 아니며 그 둘이 시인의 안에서 '케미'의 작용을 일으키며 만든 교감일 것이다. 그 둘은 김형영의 시 세계를 지탱하는 두 기둥이 되어 이 세계를 바라보고 느끼고 생각하며 묘사하고 드러내는 장치가 된다. 그의 나이는 이미 지천명知天命을 넘어 고희로 건너왔고 그의 정신은 드디어 세상과 따듯하고 자연스레 넘나들이하기에 이른 것이다. 그 변화는 나와 세계, 자신과 이웃, 말과 시에 이르기까지 그 생애를 밀어온, 그에게 존재의 의미를 안겨준 것들과의 관계가 새롭게 정립되는 것이었다. 그가 예순에 이른 2005년 이후의 10여 년을 "자연에서 생명의 신비를 깨닫고 나를 찾아 나선 시기"라고 스스로 밝힌 이유다. 과연, 우선 그의 시 모습이 달라졌다. 짧아지고 어떤 때는 단 두 줄로 한 편의 시를 완성하는 변주를 보이기도 하면서 요즘 "시에 침묵이 사라졌다"며 「큰일이다, 아」라고 탄식한다. 그러나 조금도 일본의 하이쿠일 수 없는, 그러나 그에 못지않게 적은 어휘로 촌철의 형상을 잣는 「화살시편」 연작에 집중한다. 그것은 침묵이 언어라는 역설적 시학을 만들며 시 쓰

는 행위에 대해 그가 근원적인 반성을 한다는 의지를 갖춘
다. 전에는 「시를 쓴다는 것」이 "영혼을 파먹는/그게 허영
때문인지" "모르겠다"며 '욕망의 구더기'라고까지 자책하
고는, "이제 그만 깨어 날아다오./높이 날지 못하면 어떠
랴./멀리 가지 못하면 어떠랴"고 자위하면서 "천 날을 견
뎌 하루를 사는/하루살이라도 좋다./날아다오 날아다오"
라고 소원하는 데서 드러난다. 그리고 "조금, 마시고/취해
서/비틀거리니/행복하구나"(「조금 취해서」) 하고 작은 행
복에 안도하고 아내에게 「오늘은 당신 없이」 산길 따라가
는 '게으른' 산책에 걱정하지 않아도 된다고 믿음직한 안
심을 전한다. '무애의 경지'에 이른 듯, 시인은 인격적인
신의 위세를 자연의 포옹으로 쓰다듬으면서 세계와 종교
를 하나로 맺음을 지어주고 있는 것이다. 그것은 "너를 끌
어안고서/네 안에 들어가려고,/너를 통해서/온전히 네가
되어보려고"「나무를 통해서」 자연의 깊은 속뜻과 하나
가 되려는 의지와, "바닷가 모래밭에/한 아이 구덩이를 파
서/바다를 담"(「사랑의 신비」)으려는 아우구스티누스의 형
이상학적 의지의 맺음이다. 인간이 나무 속으로 들어갈 수
없고 조개껍질로 바닷물을 옮겨 퍼 담을 수 없는 실재 세
계에서의 불가능이 "태어난 지 세이레쯤 된/아기 옹알이"
에서는 다음과 같은 사랑의 교류에서 가능으로 뒤바뀌는
사태가 된다는 것을, 그것이 시에서는 이루어질 수 있으리

라는 소망을 드리운다.

엄마 젖가슴에 안겨
옹알거리는 아기

눈을 감아도 수호천사를 만나
무슨 생각을 나누는지
연신 하늘에 웃음을 보내는 아기

보이는 것 중에서 가장 신성한
이제 막 태어나는 아가 말

좋은 시인의 시도
태어난 지 세이레쯤 된
아기 옹알이 같은
눈에 보이는 음악이어라.

—「시」전문

김형영이 바라는 "가장 신성한 시"는 세이레쯤의 아기
옹알이 같은 것이어야 하며 그 옹알이 같은 시는 나무와
같은 온존함, 한없이 퍼 담는 어린아이의 순진한 고집으로
이루어질 '음악'이리라. 시든, 종교든 혹은 사랑이든 속

살거림이든, 이보다 더 아름다운 사태를 우리는 일상으로 겪어내면서도 깨닫지 못하는 정황을 김형영은 가능한 한 가장 적은 언어로 형상하고 있는 것이다. 그는 끝내 시인이었다.

시에 대한 이 절정의 감수성이 「화살시편」으로 발사되기 시작할 즈음, 김형영은 40여 년 전에 겪었던 것 못지않은 병을 다시 만났다. 폐에 고장이 생겨 숨 쉬기가 가빠졌다. 근래의 그는 병원에서 진단을 겹으로 받은 후 처방받은 약으로 투병하고 있는 중이다. 매일 가던 산책길을 아주 짧게 줄였고 즐기던 소주는 아예 끊었다. 안부를 묻는 내 전화에 조금 나아지고 있다고만 했다. 정말 그대로라면 고맙고 고마운 일이다. 사숙하던 시인 미당 선생과 먼저 간 절친 최인호의 이름을 부르며 "사는 게 어디 뜻대로 되는 줄 아느냐?"(「화살시편 32」)라고 묻는 김 시인, 법정 스님이 장수를 축복하여 이름 한 '수광壽光' 형영, 일초一超 고은이 붙인 '수정水頂', 가톨릭 성자의 첫 순교자 이름을 세례명으로 받은 김 '스테파노' 형영, 막내인 내게는 둘째 아우 뻘인데도 그 의연함이 여섯 아름에 이르기에 겸손해질밖에 없어 마침내 내가 지어 '송연松然'의 호를 드린 김 시인(「호號 이야기」), 부디 이 세상 물러날 순서를 내게서 채트려 빼앗아 가지 않기만을 바란다. "평생이 이 순간"(「화살시편 10」)임을 몸으로 알고 있다며 초연한 김형영 시인, 부디 착하고 정직한 그가 사리에 분명한 내 당부를, 차마, 밀쳐내, 버리지, 않으리라, 믿는다.

연보

1944   11월 23일(음력) 전북 부안군 동진면 내기리 572에서
태어나 고등학교를 마칠 때까지 그곳에서 성장.

1963   고교 졸업 후 2년간 투병 생활. 투병 중에 가톨릭에 첫
발을 디딤. 그때 김민성, 신석정 두 시인에게 사사.

1965   서라벌예술대학(현 중앙대학교) 문예창작과 입학.
소설가 김동리, 서정주·박목월·김구용·김수영 시인에
게 소설과 시를 배움. 김수영 시인에게는 윌리엄 블레
이크의 『The Tyger』와 한시를 배움.
소설가 이동하·김정례·유광우·최범서·오정희·이경
자·정종명, 시인 임영조·마종하·박건한·박문재·권오
운·김년균 그리고 감태준·김종철·신현정·이시영·송
기원 시인과 동문 수학.

1966   대학 2학년 재학 중에 월간 『문학춘추』 신인상 당선.

1967   문공부 신인예술상 수상.

| 1968 | 한국문인협회에 입사하여 『월간문학』 창간 멤버로 참여. 발행인은 김동리 문협 이사장, 편집장에 평론가 김상일 선생, 편집에 소설가 이문구·이동하, 시인 김형영. |

1968   한국문인협회에 입사하여 『월간문학』 창간 멤버로 참여. 발행인은 김동리 문협 이사장, 편집장에 평론가 김상일 선생, 편집에 소설가 이문구·이동하, 시인 김형영.

1969   '칠십년대' 시 동인 결성. (1집 1969. 4/2집 1969. 11/3집 1970.1/4집 1972. 7/5집 1973. 6) 발간. 동인으로 강은교·김형영·박건한·석지현·윤후명·정희성·(고)임정남. 2012년 동인지 이름을 '고래'로 바꿔 현재에 이름. 매월 마지막 월요일 12시 30분 경복궁역 근처 '문학비단길'에서 강은교·윤후명·정희성·김형영이 오케스트라를 이루고 노년을 즐겁게 보냄.

1970   30여 년간 월간 『샘터』 근무. 학생 잡지 『학원』 복간에 참여. 은퇴 후 베네딕도수도회에서 발행하는 『들숨날숨』 편집위원, 『착한이웃』 『여백』 주간 등을 지냄.

1973   첫 시집 『침묵의 무늬』(샘터사) 간행.

1979   시집 『모기들은 혼자서도 소리를 친다』(문학과지성사) 간행. 초판 2쇄가 신군부의 검열에 판매 금지 당함.
1963년 가톨릭에 첫발을 디딘 지 16년 만에 세례를 받음.

1981   성서 예화집 『내가 찾은 숲속의 작은 길』(샘터사) 간행.

1986   『한국전래동요선』(샘터사) 엮음.

1987   시집 『다른 하늘이 열릴 때』(문학과지성사) 간행.

1988   시집 『다른 하늘이 열릴 때』로 현대문학상 수상.

1992   시집 『기다림이 끝나는 날에도』(문학과지성사) 간행.
전래 동화 『옛날옛날 옛날에』(샘터사) 엮음.

1993   시집 『기다림이 끝나는 날에도』로 한국시인협회상 수상.

1997 시집『새벽달처럼』(문학과지성사) 간행.

시집『새벽달처럼』으로 서라벌문학상 수상.

2000 신앙 시집『홀로 울게 하소서』(열림원) 간행.

2001 시집『침묵의 무늬』(문학동네) 재출간.

2004 시집『낮은 수평선』(문학과지성사) 간행.

2005 시집『낮은 수평선』으로 한국가톨릭문학상 수상.

시선집『내가 당신을 얼마나 꿈꾸었으면』(문학과지성사) 간행.

2009 시집『나무 안에서』(문학과지성사) 간행.

시집『나무 안에서』로 육사시문학상, 제1회 구상문학상 수상.

2010 한영 대역 시집『In the Tree』(오하이오 주립대) 간행.

2012 칠십년대 동인 시집『고래』(책만드는집) 간행.

2014 시집『땅을 여는 꽃들』(문학과지성사) 간행.

시집『땅을 여는 꽃들』로 박두진문학상 수상.

2016 시집『땅을 여는 꽃들』로 제1회 신석초문학상 수상.

2015 칠십년대 동인 시집『고래 2015』(책만드는집) 간행.

2016 칠십년대 동인 시집『고래 2016』(책만드는집) 간행.

2018 칠십년대 동인 시집『고래 2018』(문학나무) 간행.

2019 시집『화살시편』(문학과지성사) 간행.

2020 칠십년대 동인 시집『고래 2020』(문학나무) 간행.

현재 한국가톨릭문인회 평의원,『시인수첩』지문위인,『시와함께』후원위원.

원문 출처

* 시선집에 들어간 시의 출처는 해당 시집별 수록된 차례대로 실었으며, 시
선집에서 제목이 수정된 시는 바뀐 제목을 괄호 속에 병기했음.

『침묵의 무늬』, 샘터사, 1973, 문학동네, 2001(재출간)

서시 / 귀면 / 네 개의 부르짖음 / 잠시 혼자서 / 달아, 높이높이
돌아서 / 나의 악마주의 / 벌레 / 뱀 / 만월 / 선풍기 / 야경 / 형성기

『모기들은 혼자서도 소리를 친다』, 문학과지성사, 1979

개구리 / 풍뎅이 / 올빼미(올빼미, 밤을 기다리다) / 모기 / 능구
렁이 / 지렁이 / 갈매기 / 내 가슴에 가슴을 댄 / 내가 당신을 얼
마나 꿈꾸었으면 / 나는 네 곁에 있고 싶구나 / 同行 / 기다림 以
後 / 부처 / 이 몸 바람 되어 / 달밤 / 저승길을 갈 때는 / 그대는 門
前에 / 忍冬 / 지는 달

『다른 하늘이 열릴 때』, 문학과지성사, 1987

가을은 / 우리들의 하늘 / 떠도는 말들 / 가을 물소리 / 나그네 1 / 나그네 2 / 나그네 4 / 오늘 밤은 굿을 해야지 / 따뜻한 봄날(꽃구경) / 겨울 풍경 / 배추꽃의 부활 / 꽃밭에서 / 목련꽃 1(목련 1) / 별 하나 / 통회시편 1 / 통회시편 2 / 엉경퀴꽃(엉경퀴) / 귓속말 / 통회시편 5 / 내일은 / 목련꽃 2(목련 2) / 나이 40에

『기다림이 끝나는 날에도』, 문학과지성사, 1992

통회시편 6 / 차 한잔 / 나이 마흔이 넘어서도 / 上里 1 / 모래밭에서 / 기다림이 끝나는 날에도 / 내가 드는 마지막 잔을 / 너는 누구 / 만약에 / 아무리 화가 나시더라도 / 日記 / 아멘 / 흐르는 물에서는 / 변산 난초 / 천 년 자란 나무 / 나그네 8

『새벽달처럼』, 문학과지성사, 1997

무엇을 보려고 / 蘇來寺 / 扶安 / 德談 / 압록강 / 독백 / 화창하신 웃음 / 3막 5장 / 그날 / 인생 / 새벽달처럼 / 이름 / 하늘과 땅 사이에 / 눈물 / 이제 한 번 더 / 누구신가 당신은 / 행복 / 나를 깨워다오 닭아 / 들을 귀가 있으면 들으시라 / 비틀거리는 삶 / 알긴 뭘 알아 / 사랑의 꽃, 부활이여

『홀로 울게 하소서』, 열림원, 2000

평화 / 네가 켜는 촛불은 / 엠마오로 가는 길에 / 저녁 연기 / 평화의 텃밭 / 떠나는 것은 / 가라지 / 바람 / 네가 죄로 죽으니 / 전

야/자화상/수호천사/홀로 울게 하소서/호화 무덤에도(호화 무덤)/내 인생의 절반은

『낮은 수평선』, 문학과지성사, 2004

노루귀꽃/가을 하늘/수평선 1/봄, 일어서다/거울 앞에서 1/올해의 목련꽃/변산 바람꽃/수평선 2/나/수평선 3/"너!"(너!)/告解(고해성사)/촛불 하나/어머니 마리아/지금도 세상은/주님 안아보리라/행복합니다/거짓말/거울 앞에서 2/밤눈/無名(쓸모없는 나무)

『나무 안에서』, 문학과지성사, 2009

마음이 흔들릴 때/산책/꽃을 찾아서/생명의 노래/늘 푸른 소나무/우리는 떠돌아도/나무 안에서/시골 사람들은/누가 뿌렸나/양파/나팔꽃/水面 2/나(이것이 나였구나)/당신이나 나는/내 그림자에게/無名氏/날마다 생일날/너와 나 사이/바보 웃음의 향기 하늘에도 퍼져라/엘 그레코의 「베드로의 눈물」을 보고(엘 그레코의 「베드로의 눈물」)

『땅을 여는 꽃들』, 문학과지성사, 2014

옆길/땅을 여는 꽃들/교감/지금 여기에/봄·봄·봄/쉬었다 가자/無에 대하여/I love you/조금 취해서/작은 생각들(밤/우리 동네/이웃/꿈/높바람)/오늘은 딩신 없이/눈이 오시는 날/짝사랑/꿈을 찾아서/양파와 쪽파/나무를 위한 송

가(나무를 통해서) / 바위(바위와 꽃나무) / 너 어디 있었나 / 헛
것을 따라다니다

『화살시편』, 문학과지성사, 2019

서시(사랑의 신비) / 낯선 곳 / 건들대봐 / 큰일이다, 아 / 그 시
간 / 제4과 / 시 / 시를 쓴다는 것 / 오후 3시에 / 호 이야기 / 고래
의 노래로 사랑의 등불을 켜다오 / 돌아가자 / 내가 죽거든 / 지
금 피는 꽃은 / 우리의 꿈 / 제 멋에 취해 / 그래도 봄을 믿어
봐 / 꽃아,(꽃아) / 뜸부기 / 석양(낙조대의 석양이여) / 채석
강 / 수평선 9 / 화살시편 1 / 화살시편 2 / 화살시편 3 / 화살시
편 4 / 화살시편 5 / 화살시편 6 / 화살시편 7 / 화살시편 8 / 화
살시편 9 / 화살시편 10 / 화살시편11 / 화살시편 12 / 화살시편
17 / 화살시편 18 / 화살시편 21 / 화살시편 24 / 화살시편 25 / 화
살시편 27 / 화살시편 29 / 화살시편 30* / 화살시편 32**

＊＊＊ 해당 시집에는 수록되지 않았으나 시선집에 추가된 시.